Halsabschneider

von Klaus-Dieter Budde

Halsabschneider

Eine Kriminalgeschichte rund um den Investmentschwindel

von Klaus-Dieter Budde

Dieses ist ein Roman, folglich eine erfundene Geschichte. Die Handlung und sämtliche Personen des Romans sind frei erfunden. Jede Ähnlichkeit mit einer lebenden oder verstorbenen Person ist nur zufällig.

*

Bibliografische Information der Deutschen Nationalbibliothek: Die Deutsche Nationalbibliothek verzeichnet diese Publikation in der Deutschen Nationalbibliografie; detaillierte bibliografische Daten sind im Internet über dnb.dnb.de abrufbar.

Impressum:
Herstellung und Verlag: BoD – Books on Demand, Norderstedt
Internet: klaus-dieter.budde@gmail.com
1. Auflage, April 2022
ISBN: 9783755781271

Buchbeschreibung:

Der Mittelständler Adelhard Meents, leidet an einer schweren Krankheit, der Ich-Dystonie. Er hat die Selbsttötung seiner Großeltern, die er als Kind erlebt hat nie verwunden. Diese haben sich nach einem Immobilienbetrug, der die Existenz der Familie bedrohte, das Leben genommen. Adelhard, liegt oft nächtelang wach und denkt immerfort an das Versprechen, das er als kleiner Junge abgegeben hat. Getrieben von seinem Zwangsdenken schmiedet er einen perfiden Plan. Er aktiviert von einem ehemaligen Bundeswehrgebäude aus einen verschütteten Bunker, in dem er eine Tötungsraum installiert. Nach einem seit langem vorbereitetem Plan, entnimmt er fortan korrupte Investmentbanker und Immobilienmakler dem Markt, um sie in seinem Bunker zu schächten. Das Kripo-Team um Hauptkommissar Heino Kleinemeier beißt sich lange die Zähne an dem Fall aus, bis der Täter nachlässig wird. Eine spannend erzählte Geschichte rund um den Investmentbetrug.

Über den Autor:

Klaus-Dieter Budde, Jahrgang 1956, lebt mit seiner Ehefrau und Familienhund Kimba im niedersächsischen Landkreis Stade. Die Stader Geest ist dem gebürtigen Ostwestfahlen ans Herz gewachsen. Halsabschneider ist sein erster Kriminalroman vom Stader Ermittlerteam um Kriminalhauptkommissar Heino Kleinemeier. Budde der bereits als jugendlicher Kurzgeschichten schrieb, entschied er sich, nach Abschluss seiner beruflichen Laufbahn, die Schreibarbeit wieder aufzunehmen. Seine Romane, Der Tote im Spargelfeld und Lupus caritate sind erfolgreiche Bücher. Mit seiner Affinität zur Region und der Ortskundigen Erzählweise, erobert er in kurzer Zeit seine Fangemeinde. Budde ist nicht nur begeisterter Wanderer, er betreibt auch die Hundesportart Dog-Trekking. Der Schutz der Umwelt, das Tierwohl sowie Nachhaltigkeit im täglichen Leben sind für ihn ein Selbstverständnis.

Inhaltsverzeichnis

Der Titel «Halsabschneider», bezieht sich auf den Täter und auf die Opfer.

Prolog

14. August 1993, der kleine Adelhard war mit seiner Mutter im Garten und spielte Pirat, er mochte es, die Piratengeschichten die ihm sein Großvater jeden Abend als Einschlafgeschichte erzählt, nachzuspielen. Da konnte sich Adelhard richtig austoben.

Mit einem Holzschwert, das ihm sein Vater gebaut hatte, kämpft er gegen imaginäre Feinde und entert riesige Fantasiesegler, dabei tobt er wie ein Wildfang durch den großen Garten der familieneigenen Villa.

Seine Mutter schaut ihm zu und lächelt.

Der Familie Meents geht es gut, als Betreiber eines mittelgroßen fischverarbeitenden Betriebes in Emden haben sie ein hohes Standing in der ortsansässigen Oberschicht.

Großvater hatte auf Anraten eines befreundeten Maklers tüchtig in Immobilien auf den Kanarischen Inseln investiert und nach ersten Gewinneinnahmen gönnte er sich einen Porsche 928 GTS. Seinem Sohn spendiert er einen dreiwöchigen Familienurlaub auf den Kanaren.

Ein unbekümmertes Leben wie es schien, bis das Familienidyll am Nachmittag unvorhergesehen gestört wurde.

«Guten Tag, bin ich hier richtig bei Familie Meents? Ove Meents?», ruft ein älterer Herr Adelhard zu, wie dieser mit seinem Schwert an der Pforte des Anwesens vorbeiflitzt.

«Mama da ist ein Herr am Tor, der fragt nach Opa», gibt Adelhard seiner Mama Bescheid. Seine Mutter schreitet zum Tor, um nachzusehen, tatsächlich steht ein Herr vor dem Tor.

1

«Guten Tag wie kann ich helfen?», begrüßt seine Mutter den Herrn.

Adelhard steht etwas versteckt hinter einem Rhododendronstrauch und beobachtet den Besucher.

«Guten Tag, mein Name ist Rhombach, ich bin Bevollmächtigter Gerichtsvollzieher und überbringe Ihnen einen Gerichtsbescheid. Der Bescheid ist für Ove Meents. Sind Sie bevollmächtigt, die Post für Herrn Meents anzunehmen?»

Adelhards Mutter, die das bejaht, schaut den Gerichtsvollzieher erschrocken an.

«Ist was nicht in Ordnung?», fragt sie nach.

«Das darf ich Ihnen nicht sagen, ich bin dazu nicht berechtigt, fragen Sie ihren Schwiegervater, der erklärt es Ihnen bestimmt.»

Adelhards Mutter ergreift den Brief und steckt ihn in ihre Schürze.

Später am Abend übergibt sie das Kuvert an den Schwiegervater. Ove Meents liest den Behördenbrief und wird blass.

«Ist was nicht in Ordnung?», fragen die Schwiegertochter und seine Angetraute nahezu gleichzeitig nach.

«Doch, doch ist alles in Ordnung», spricht der alte Meents und schreitet langsam und gedankenversunken in sein Büro.

Der Kleine, Adelhard, der die Scene beobachtet hat, sorgt sich um seinen Opa. Er hatte seinen Großvater noch nie trübsinnig gesehen.

In der Nacht erwacht Adelhard und belauscht einen heftigen Streit zwischen seinem Vater und dem Großvater. Beide schreien sich unüberhörbar an, erst wie die Großmutter

2

dazwischenruft, ward es leiser. Adelhard verkriecht sich in seine Kissen und schläft alsbald wieder ein.
Am Morgen, alle sitzen beim Frühstück als wäre nichts passiert, überlegt der kleine Adelhard, ob er den Streit nur geträumt hat.

Wochen später fliegt Adelhard mit seiner Familie in den Urlaub nach Gran Canaria. Drei Wochen Sonne Wind und Strand. Adelhard, der bisher nur den ostfriesischen Sommer kannte, ist begeistert. Das Essen war eine Wucht jeden Tag Nudeln und Pizza. Papa hat viel Zeit, um mit Adelhard die Inselwelt der Kanaren zu erkunden.
An einem der Tage sind sie in den Bergen und verbringen dort ihre Mittagspause in einem urigen Restaurant. Hier waren die Stühle und Tische durch die Eigentümer selbst gebaut worden, Papageien und Kanarienvögel lärmen überall in den ausladenden Bäumen. Die Betreiber des Restaurants sind so genannte Aussteiger, ein ehemaliger Pilot und seine Flugbegleiterin. Sie probieren den kanarischen Eintopf, den die Gastgeber Frisch gekocht haben. Es wurde viel Spaß gemacht, sie lachen und flachsen beim Essen mit den Restaurantbetreibern. Heiter verabschieden sie sich mit dem Versprechen, einmal wieder vorbeizuschauen.

*

Ove Meents steht müde von seinem Schreibtisch auf.
Er legt den soeben verfassten Brief im verschlossenen Kuvert auf seinen Schreibtisch, fährt sich fahrig mit der linken Hand durch sein schütteres graues Haar und schlurft in die Küche.
Eske Meents schaut Ove traurig an und zieht ihn in ihre Arme, beide Weinen still in sich hinein.

Am Abend, Eske hat das ganze Haus gereinigt und die Bügelwäsche, nach dem sie sie weggebügelt hat, akkurat in den Schrank gefaltet. Sie schreitet mit Ove dem geliebten Ehemann den langen Weg aus weißem Kies zu ihrem Porsche, beide Drehen sich ein letztes Mal um und schauen auf die enorme Familienvilla. Unglücklich steigen sie in den Porsche ein und Ove fährt, um den Kiesweg nicht zu zerstören, langsam vom Hof in Richtung nach Emden.

*

Nach der ersten Urlaubswoche war der Spaß abrupt vorbei. Der Rezeptionist vom Hotel Continental erwartet sie aufgeregt am Eingang und bittet den Vater um ein kurzes Gespräch. Adelhards Vater folgt dem Herrn und telefoniert kurz darauf, sichtlich betroffen, mit dem Hausanwalt in Deutschland. Das verändert die ganze Stimmung, alle sind schlagartig betroffen und traurig, sein Vater, der sonst stark war, weint kaum vernehmlich vor sich hin.

Am nächsten Tag bucht Adelhards Familie den erst besten Flieger nachhause. Ein Angestellter der Fischfabrik holt sie vom Flughafen in Bremen ab. Adelhard fällt auf, dass auch der Angestellte traurig ist.

Zuhause ist der Rest der Familie anwesend, Onkel und Tanten, Cousinen und Cousins. Nach der Begrüßung gibt es gleich das Abendbrot, das entgegen sonstiger Familientreffen, wortlos eingenommen wurde. Den klein Adelhard, schicken sie nach dem Essen sofort ins Bett.

Die Erwachsenen unterhalten sich mit leisen bedrückten Stimmen. Adelhard, der logischerweise, ob der Veränderungen im Verhalten seiner Verwandten voller Neugier ist, hat sich hinter einem stattlichen Standbild auf der

Galerie versteckt und versucht herauszufinden, warum sich die Erwachsenen so merkwürdig verhalten. Er schnappt auf, dass Großvater und Großmutter einen schweren Autounfall mit dem Porsche hatten. Weil alle traurig sind, denkt sich Adelhard, dass die Großeltern im Krankenhaus sind. Später hört er, wie seine Mutter mit Tante Erika aus Wuppertal über die Beerdigung spricht.

Adelhard steht auf und stelzt weinend die breite Freitreppe hinunter ins Wohnzimmer, wo sich die Familie versammelt hat. Erschrocken schauen seine Eltern sich an.

«Adelhard, warum bist du nicht in deinem Zimmer», schimpft ihn sein Vater.

«Sind Oma und Opa tot?», flüstert, der kleine Adelhard seine Frage in den Raum.

Seine Mutter ergreift seine Hand und bringt ihn in die Küche. Dort erklärt sie dem Jungen, dass die Großeltern bei einem Verkehrsunfall tödlich verunglückt sind.

«Adelhard sei tapfer, Opa Ove hätte sich das von dir gewünscht», sagt seine Mutter, die ihn in den Armen hält und sich und dem Kind die Tränen aus dem Gesicht wischt.

Adelhard nickt wacker. Tante Erika bringt ihn später aufs Zimmer. Sie bleibt so lange bei ihm, bis er eingeschlafen ist.

*

Eine Woche später war die Beerdigung. Adelhard wandelt mit seiner Mutter und seinem Vater direkt hinter den Särgen der Großeltern her, ihnen folgen die Verwandtschaft und die Arbeiter der Fischfabrik.

Um die 250 Trauergäste sind gekommen, um den Verstorbenen ihre Wertschätzung zum Ausdruck zu bringen.

Halsabschneider, c 2021 Klaus-Dieter Budde

Beim anschließenden Leid Mahl wurde nur Gutes über die Großeltern berichtet. Sie waren fürsorglich gegenüber den Arbeitern und deren Angehörigen und pflegten ihre Freundschaften in der Ostfriesischen Upperclass, kurzum sie waren das Musterunternehmerpaar schlechthin, wie der Bürgermeister von Emden in seiner kurzen Gedenkansprache formuliert. Adelhard ist stolz auf seine Großeltern.

*

Am fünften Todestag seiner Großeltern, Adelhard ist elf Jahre alt, weilt die Familie wieder in der alten Villa. Adelhards Vater lässt die letzten Jahre Revue passieren.

«Es war wahrlich eine schwere Zeit», eröffnet er seine Rede, «nach dem Tod der Eltern hat man mir auferlegt, vorrangig das Finanzielle zu regeln. Hier war durch die dubiosen Immobiliengeschäfte meines Vaters auf den Kanaren, ein Verlust von 10 Millionen Deutsche Mark auszugleichen. Das zog zwingend betriebliche Konsequenzen nach sich. Den Personalbestand der Fischverarbeitung reduzierte ich um ein Drittel. Das habe ich, Gott sei Dank, sozial verträglich hinbekommen», berichtet er selbstgefällig. «Heute nach fünf Jahren sage ich, wir haben es geschafft. Der Betrieb und das Familienvermögen sind wieder im grünen Bereich. Das alles war nur möglich, weil Ihr liebe Familie auf eine Menge verzichtet habt. Dafür meinen Dank.»

Nach der Rede, für die Adelhards Vater ehrlichen Beifall erhält, eröffnet er das üppige Büffet.

Adelhard setzt sich nach dem Essen mit einem Buch hinter die Veranda in die Sonne und verschlingt seinen Roman.

Er liest, die Schatzinsel. Das Buch hat er bei Großvater aus dem Bücherregal stibitzt.

Die Veranda war für die Raucher der Ort, an dem sie sich ihrem Laster hingeben. Ständig kommen rauchende Familienangehörige und unterhalten sich. Adelhard, ist so vertieft in seinen Piratenroman, dass er kaum wahrnimmt, was dort gesprochen wird.

Bis auf einmal, da schaut er hellhörig auf. Onkel Till spricht mit seinem Vater über den Tod der Großeltern.

«Das du die Firma gerettet hast, ist dir hoch anzurechnen, nachdem was der Alte dir hinterlassen hat», sagt Onkel Till.

«Ja ich denke, mit dem Selbstmord haben die beiden uns soeben noch den Laden gerettet. Ein paar Tage später wäre es zu spät gewesen.»

Adelhards Vater sagte etwas, dass das Leben des Jungen seelisch durcheinanderbringen sollte.

«Der Immobilienmakler der Schuld an dem Ganzen war, ist fein raus, die Klage gegen ihn wurde fallengelassen mangels öffentlichen Interesses. Der hat sich daraufhin schleunigst mit den Millionen, die er anderen aus der Tasche gezogen hat, nach Mallorca abgesetzt.»

Wie Adelhard das hört, schlägt er sein Buch zu und schwört sich unter Tränen, dass er, wenn das stimmt, den Makler aufsuchen will, um ihn zur Rechenschaft zu ziehen. Ihm ist egal, dass er da noch Jahre warten muss. Weinend schleicht Adelhard in sein Zimmer.

Dass die Großeltern Selbstmord begangen haben, hat noch keinen Platz in seinem Kopf. Wie er ein paar Wochen später bei seiner Tante nachfragt, bestätigt sie ihm das, was er auf der Veranda gehört hatte.

Später in der Pubertät gilt Adelhard als sehr schwierig, er fällt durch Aggressivität gegenüber seinen Mitmenschen und Diebstahlsdelikten auf.

Der Familienrat beschließt, ihn auf ein Internat zu schicken, um wieder zu Verstand zu kommen, wie sein Vater es nennt. Dort beruhigt sich Adelhard wieder und schafft sein Abitur mit Bravour. In den Folgejahren studiert er Medizin an verschiedenen Universitäten.

Nach dem plötzlichen Tod seines Vaters bricht er das Studium ab und übernimmt den fischverarbeitenden Betrieb in Emden. Das Theoretische hatte er drauf, im Praktischen stößt er sich anfangs oft die Hörner ab. Maßgeblich für ihn ist, dass er authentisch bleibt. Das gelingt ihm, seine Mitarbeiter folgen ihm. Er bringt peu a› peu, den Betrieb in die Erste Liga der Fisch Verarbeiter.

Halsabschneider, c 2021 Klaus-Dieter Budde

Kapitel 1

07. Januar 2019, fünf Jahre führt Adelhard Meents, der mittlerweile 32 Jahre alt ist, den Familienbetrieb. Dem abgebrochenen Medizinstudium trauert er längst nicht mehr nach. Dass er unvorhergesehen durch den frühen Tod des Vaters den Familienbetrieb übernahm, war derzeit für ihn einleuchtend.
Adelhard Meents hat den Fischverarbeitungsbetrieb in Emden, der für die Herstellung von Fischerzeugnissen, der Rohstoffaufbereitung, Fischbearbeitung, Konservierung und Verarbeitung der Produkte, sowie der Endverpackung zuständig ist. Unter seiner Führung wieder an die Spitze gebracht. 430 Mitarbeiter arbeiten in drei Schichten, rund um die Uhr, um die Meents-Produkte an den Markt zu bringen.
Adelhard beschwert sich nicht, was seine Auslastung betrifft, eine 50 Stundenwoche ist üblich, oft sind es mehr.
Darum beschließt er, einen Betriebsleiter einzusetzen, um auch einmal an so was wie Freizeitgestaltung zu denken.
Adelhard Meents ist durch seine schwere Kindheit, er hat die Selbsttötung seiner Großeltern nach einem Immobilienbetrug nie verwunden, ein psychisch kranker Mensch, der eine Auszeit vom Job braucht.

Offiziell war der Selbstmord der Großeltern auch heute noch ein Verkehrsunfall, bei dem beide Eske und Ove Meents

Halsabschneider, c 2021 Klaus-Dieter Budde

verbluteten, die Familie weiß jedoch durch Abschiedsbriefe, dass der Unfall bewusst herbeigeführt wurde.

Adelhard, der das nie verwunden hat, liegt oft nächtelang wach und denkt immerfort an das Versprechen, das er als kleiner Junge gegeben hat. Seine psychischen Probleme, die er mithilfe eines Psychologen zu lösen versucht, verbirgt er bisher geschickt vor seiner Mutter.

Adelhard fährt immer mal wieder nach Hamburg, um einen ehemaligen Kommilitonen zu treffen, so erzählt er es zumindest seiner Mutter. In Wirklichkeit hat er sich ein Haus in Stade an der Elbe gekauft, wo er ohne, dass er von irgendjemanden gestört wird, seiner zweiten Aufgabe nachkommt. Den Tod seiner Großeltern zu exkulpieren.

Denn was niemand wähnt, Adelhard Meents ist in Wirklichkeit ein kranker brutaler Mensch, dem seine kontrollierten Auftritte im Betrieb und bei seiner Familie in Emden von Mal zu Mal schwerer fallen. Er merkt selbst, dass sein Kartenhaus, welches er sich geschaffen hat, nicht mehr standfest ist. Öfters kommt es bei Unstimmigkeiten im Geschäft, oder auch mit seiner Mutter, zu lautstarken Auseinandersetzungen. Das war einer der Gründe für den Einsatz eines Betriebsleiters.

*

Adelhard ist auf dem Weg von Emden nach Stade. Er hat sich bei einem Messebesuch vor Jahren in die prächtige Hansestadt an der Elbe verliebt und im Überschwang ein Haus in Stade-Ottenbeck gekauft.

Ottenbeck ist ein relativ junger Stadtteil im Südwesten der Stadt. Das ehemalige Kasernengelände wurde geschickt zu einem schönen gemütlichen Ortsteil umgestaltet. Die Mischung aus alten Soldatenunterkünften, die man in

10

moderne Wohnquartiere umgestaltete, und neuen Einfamilienhäusern sowie kleinen Gewerbebetrieben gibt dem Ortsteil sein eigenes Flair.

Adelhard kennt die Kaserne von altem Kartenmaterial seines Großvaters, der sich sein Leben lang für die Geschichte alter Kriegsbunker in der Bundesrepublik interessierte. Im Zweiten Weltkrieg errichtete man in Deutschland zum Schutz der Bürger Bunker. Dort retteten bei Luftangriffen viele Bürger ihr Leben. In Stade bauten sie eine Bunkeranlage, die den Zweck hatte, das Betriebspersonal des Militärflugplatzes und einer Luftwerft in Stade zu schützen und es den Flugzeugbesatzungen zu ermöglichen unbeschadet an ihre Fluggeräte heranzukommen. Hierzu gab es viele Verbindungsgänge zum Flugfeld, die an einigen Stellen nur mit Gitterrosten abgedeckt waren, die der Belüftung dienten. Eine sehr spartanische unterirdische Bunkeranlage, mit meterdicken Betonwänden, um dem Bombenhagel standzuhalten. Der Eingang war zusätzlich durch ein Betonschild geschützt. Gemäß einer Expertise, die das Verteidigungsministerium in den 70er Jahren anfertigen ließ, ist die komplette Bunkeranlage lange verschüttet.

Adelhard hat das Kartenmaterial seines Großvaters dabei, er plant, einen der Bunker wieder zu betreiben. Wenn er den alten Karten Glauben schenkt, ist genau an der Südseite seines Hauses in Ottenbeck ein Zugang vom Keller in das Bunkersystem.

Eine Überprüfung des Kellers zeigt, nachdem der Putz abgetragen war, einen nachträglich vermauerten Zugang. Adelhard ist Feuer und Flamme. Er schaut sich das Kartenmaterial bis ins kleinste Detail an. Rechnet, gibt GPS-

11

Daten in sein altes GPS-Gerät, ein Garmin S64, ein und markiert sich mit einem roten Marker einen alten Stollen, der zu einem Bunker führt.

Da die Karten aus den 40er Jahren sind, geht er davon aus, dass Abweichungen denkbar sind, und rechnet jeweils einen Toleranzgrad von 5% hinzu.

Am frühen Abend begibt er sich auf den Weg zum ehemaligen Standortübungsplatz, der zurzeit als, halb offene Wald- und Weidelandschaft Ottenbeck, den Anwohnern zur Naherholung dient.

Mit diesem Projekt will die Hansestadt Stade die vielfältige Landschaft des ehemaligen Standortübungsplatzes mit ihren seltenen Tieren und Pflanzen erhalten und weiterentwickeln. Die Pflege des eingezäunten Wald- und Weidelandes haben robuste Galloway-Rinder übernommen, die das ganze Jahr draußen bleiben. In den Grasfluren halten sie die Büsche und den Baumanwuchs klein, damit bodenbrütende Vögel und andere seltene Tiere und Pflanzen überleben.

Die Galloway-Herde bewirtschaftet ein Rinderzüchter aus der Umgegend. Dieser ist eindeutig der medialen Wolfshetze erlegen, denn er hat an einem seiner Unterstände für die hornlosen Rinder ein großflächiges Plakat hängen, das aussagestark Stellung nimmt. Dass die Rinder, so schön sie aussehen, bei Erlangen der Schlachtreife dem Messer der Metzger ausgesetzt sind, um dem Rinderzüchter den Geldbeutel zu füllen, davon steht dort dagegen nichts. Mag auch sein, dass der Bauer einfach nur Angst hat. Adelhard weiß es nicht, macht sich darüber auch keine Gedanken.

Er findet es schade, dass Mitbürger auf die Schlagzeilen einer reißerischen Boulevardpresse hereinfallen.

Als Jogger, der seine abendliche Runde trainiert, hat er sich eine gute Tarnung ausgedacht, er umrundet unbeobachtet das Areal. An der Südseite des Areals jumpt er über den Stacheldrahtzaun und verschwindet unerkannt im nahen Wald. Mittels seines GPS-Gerätes nähert er sich an den möglichen Bunker heran. Dann hat er gefunden, was er sucht, den alten Sprengplatz der Pioniere, die hier in früheren Zeiten stationiert waren. Eine alte Betonwand steht dort, wie ein vergessenes Fragment der Pioniere, zugewachsen in der Landschaft herum.

Adelhard untersucht die Wand, reißt das Lianen ähnliche Gestrüpp vom Mauerwerk und untersucht den Sockel der Rest-Wand. An einem verlassenen Fuchsbau wird er fündig. Hier stand nach den alten Plänen eine Betonwand wie ein Schutzschild vor dem Zugang zu einem der Bunkeranlagen. Damals war die versteckte Öffnung als Fluchtmöglichkeit für die Soldaten geplant.

Adelhard speichert die GPS-Daten in seinem Gerät ab und begibt sich auf den Heimweg. In seinem Haus in Ottenbeck überträgt er sämtliche Daten in die alte Karte. Er verschließt das Kartenmaterial und seine Notizen im Wohnzimmer in einem Wandtresor. Nachdem er einen Kunstdruck von Emil Nolde vor den Safe gehängt hat, verlässt er die Wohnung und fährt zurück nach Emden.

Am nächsten Morgen, Adelhard hat zwei Stunden an seinem Schreibtisch gearbeitet, macht er sich auf zu seinem Psychologen. Adelhard ist für heute um elf Uhr angemeldet, sein Professor zeigt ihm heute einige Therapiemöglichkeiten auf.

Die Empfangsdame geleitet Adelhard Meents nach seiner Ankunft direkt bis in den Therapieraum des Professors. Nach einer knappen Begrüßung kommt Professor Hoff gleich auf den Punkt.

«Lieber Heer Meents, nach den umfangreichen Vorgesprächen und Untersuchungen, bin ich nach ausführlicher Analyse mit einem Team aus renommierten Psychotherapeuten und Medizinern, zu folgendem Ergebnis gekommen.»

Der Professor weist auf den bequemen Therapiesessel und bittet Adelhard Meents, sich zu setzen.

«Sie selbst haben ja von Wahnvorstellungen gesprochen. Bei uns Therapeuten in der Psychiatrie zählt der Wahn, wie Sie es nennen, im psychopathologischen Befund zu den inhaltlichen Denkstörungen. Der Wahn an sich ist eine die Lebensführung behindernde Überzeugung, an welcher die betroffenen Patienten trotz der Unvereinbarkeit mit den Normen der Gesellschaft unbeirrt festhalten. Dies kann die Urteilsfähigkeit stark beeinträchtigen», erklärt der Professor, «ich kann Sie, was den Wahn betrifft beruhigen, bei Ihnen handelt es sich nach hoher Wahrscheinlichkeit um eine Ich-Dystonie. Das von Ihnen beschriebene Zwangsdenken oder Zwangsgedanken hat, nichts mit Wahn zutun. Da Sie sich bewusst sind, dass Ihre sich aufdrängenden Gedanken und Handlungen nicht der Normalität entsprechen.»

Adelhard atmet auf, er hatte gedacht, dass er, ob der Gedanken und Handlungen, dem Wahn nahe ist.

«Die Ich-Dystonie bedeutet in Ihrem besonderen Fall, dass Sie Ihre Gedanken und Gemütserregungen als nicht zu Ihrem ich gehörend erleben. Das kann, wie beschrieben, Panikattacken auslösen, Ihr tun, erleben Sie fremd und verstörend.

14

Nach möglichem Wirken, wie auch immer, sehen Sie das nicht wie ein Bestandteil der eigenen Persönlichkeit an. Sie schauen praktisch von draußen drauf. Mit dem Wissen, dass das falsch ist, was Sie tun. Erkennen Sie jedoch nicht, dass es Ihr Wirken ist, das Sie wahrnehmen.»

Professor Hoff gibt sich alle Mühe, Adelhard die psychische Störung verständlich nahe zu bringen. Adelhard Meents nickt verstehend, obwohl so richtig hat er das nicht begriffen.
«Werden Sie das den bei mir therapieren, oder muss ich ständig mit dem Druck leben, dass da eine Aufgabe auf mich wartet?», fragt Adelhard den Professor.
«Nein, nein da können wir was bewirken, zuerst stellen wir Sie medikamentös ein, um im weiteren Verlauf mit psychologischer Betreuung in Anwendung von Gesprächstherapien den Knoten zu lösen. Sie lachen später über diese Störung.»
Adelhard Meents ist zufrieden, mit dem gehörten. Der Druck seine Großeltern zu rächen wird nicht mehr sein Denken bestimmen. Dass es noch ein langer Weg sein wird, nimmt er hin. Er verabschiedet sich voller Hoffnung auf ein gutes Ende, von Professor Hoff.

Mit einem Lächeln steigt er in seinen Wagen und fährt zurück ins Büro, um die Fischfabrik weiter voranzubringen. Seiner Mutter, die am Nachmittag kurz vorbeischaut, erzählt Adelhard nichts von seinem Besuch beim Therapeuten. Keiner in der Familie ahnt von dem Bösen, dass in ihm schlummert, und so soll es bleiben.

Halsabschneider, c 2021 Klaus-Dieter Budde

«Ich fahre demnächst wieder nach Hamburg zu meinen Bekannten vom Studium, wir machen einen Segeltörn, ca. eine Woche bin ich weg. Kannst du da hier ab und an nach dem Rechten sehen?», benachrichtigt er seine Mutter.
Nicht, dass er das muss, er ist hier der Chef.
Seine Mutter will er dennoch mit einbinden, um ihr das Gefühl dazuzugehören, nicht zu nehmen.
«Der Betriebsleiter weiß über alles Bescheid, ist nur, dass mal jemand nachschaut», führt er seine Bitte aus.
«Du und Segeln? Kannst du das denn?», seine Mutter schaut ihn skeptisch an.
«Nö kann ich nicht, ich kann es ja lernen, da bietet sich so ein Törn an.» Die Mutter schüttelt den Kopf.
«Du weißt, dass du nicht mehr zwanzig bist und einen Haufen Verantwortung hast?», schimpft sie ihren Sohn, grinst dabei, weiß sie doch, wie aufopfernd der Job in der Fischfabrik ist.
Da gönnt sie ihrem Sohn den Segeltörn von ganzem Herzen.
Dass das eine Lüge ist, kann sie ja nicht wissen.

Adelhard hat die nächsten Tage viel zu tun, er beschafft sich das nötige Equipment für die Erkundung des Stader Bunkers sowie Materialien, um dort Strom und Wasser zu verlegen. Er hat einen immensen Plan und ist sich sicher, dass er den auch umsetzen wird, egal wie schwer es ist. Das Material lässt er sich direkt nach Stade liefern, der Liefertermin ist so geplant, dass er die Materialien persönlich empfangen kann.
Adelhard kauft einen gebrauchten Lieferwagen, einen Transporter mit geschlossenem Laderaum. Die Finanzierung all dieser Geschäfte tätigt Adelhard über ein Auslandskonto, welches er aus steuerlichen Gründen angelegt hat. Das Konto

war seit Jahren nicht mehr aktiv, da er sich, als es der Firma wieder gut ging, von der Illegalität des Kontos lossagte. Nun kann er das Geld gut gebrauchen.

Seine Mitarbeiter im Betrieb ahnen nicht, dass ihr Chef ein zweites Ich hat, für sie ist er der immer ansprechbare, zuvorkommende und faire Eigentümer, der den Laden nach der fast Pleite wieder in Schwung gebracht hat. Sie verdienen hier gutes Geld und beklagen sich nicht. Der ein oder andere hatte mal eine Begegnung mit dem Chef, wo der ausrastete, da das nicht oft vorkommt und in den Augen der Arbeiter, meist berechtigt ist, sieht man darüber hinweg. Bei der Betriebsgröße geht eine Menge unter und nicht jeder bekommt alles mit.
Einzelne enge Mitarbeiter in der Verwaltung der Fischfabrik sorgen sich wegen der cholerischen Ausfälle ihres Chefs.

*

Zwei Wochen zuvor. Bauamt Stade, Hartmut Münch brütet über einen Bauantrag für ein Carport im Stadtteil Ottenbeck. Das war kein normaler Autounterstand mit den üblichen DIN-Maßen, hier ist alles ein Tacken größer und länger. Nach eingehender Überlegung entschließt sich Hartmut Münch, das Ganze vor Ort zu besichtigen. *Gesagt gehandelt*, denkt er und ist zügig in seinem bescheidenen Dienstwagen unterwegs. Bei besagter Adresse war niemand zuhause, was Herrn Münch nicht davon abhält vor Ort alles einzumessen. Da die Abstände zu den Nachbargrundstücken ok sind, entscheidet er, den Bau des merkwürdigen Carports zu genehmigen. Ihm ist es egal, dass der Bauherr sich einen Abstellplatz direkt vor die Eingangstür baut.

Im Büro zurück, stellt er gleich die Baugenehmigung aus und gibt diese in die Post. Herr Adelhard Meents, der Bauherr, hatte dringend getan und wird mit der Bearbeitungszeit von zwei Wochen zufrieden sein.

*

Eine Woche später rücken in Ottenbeck die Handwerker an. Adelhard, der vor Ort ist, koordiniert den Einsatz der verschiedenen Gewerke. Ein Trupp aus Maurern und Betonbauern schafft einen Außen-Zugang zum Keller des alten Kasernengebäudes. Ein anderer Trupp aus Bargstedt bereitet die Fundamente für den Carport vor. Wieder andere pflastern den kompletten Vorplatz des Hauses und bereiten die Fundamente für die Zaunanlage vor. In einer Woche muss alles fertig sein.

Während die Bautrupps fleißig ihren Tätigkeiten nachgehen, brütet Adelhard über seinem Kartenmaterial. Heute Nacht startet er eine kleine Erkundung, er hat dafür alles Notwendige in seinem Rucksack verpackt, Verpflegung und ein Getränk fehlt noch. Adelhard brüht sich einen starken Tee auf, den er mit reichlich Zucker und etwas Sahne in eine Thermosflasche gibt und in einer Seitentasche des Rucksacks verstaut. Wie alles vorbereitet ist, wartet er auf den Feierabend seiner Handwerker, die ordentlich Fortschritte machen.

Als es dämmert, macht er sich auf den Weg zum ehemaligen Standortübungsplatz. Er hatte am Morgen bei seiner Joggingrunde gesehen, dass sich die Gallowayherde genau in dem Gebiet, das er erkunden will, angesiedelt hat.

18

In der Dämmerung hört er das Schnaufen der Herde in seiner Nähe, Adelhard hat enormen Respekt vor den hornlosen Rindviechern, weiß aber mit ihnen umzugehen.

Nach kurzer Suche hat er die alte Betonmauer wiedergefunden. Mit einer Klappschaufel erweitert er den gefundenen Zugang so weit, dass er hindurchschlüpfen kann. Er befestigt eine Art Faltleiter am Einstieg und steigt hinab. Unten, eineinhalb Meter unter der Erde, schaltet Adelhard die Kopfleuchte ein und sieht sich um. Ein langer unterirdischer Gang, der mit allerlei Unrat verstellt ist, liegt zu seiner Linken. Adelhard verräumt das, was im Weg steht an die Seite und folgt in gebückter Haltung dem Gang ca. 75m. Er kann nur nach rechts weiter, geradeaus war der Zugang gesprengt worden und verschüttet.

Adelhard zeichnet seinen Weg akribisch mit Bleistift in die mitgeführte Karte ein, sein GPS-Gerät nutzt er hier unten nichts, da er hier keinen Empfang zu den Satelliten hat. Er kommt nur langsam voran, oft steht was im Wege herum, dass er wegräumt. An einem Abzweig hat er den Hauptgang erreicht, der in den Ausmaßen größer ist. Ebenso war es in der alten Karte verzeichnet.

Adelhard folgt inzwischen im aufrechten Gang dem Hauptgang 250 Meter, er muss sich schon weit unter dem alten Kasernengelände befinden, gemäß seinem Plan befindet sich hier der Abzweig zur eigentlichen Bunkeranlage. Adelhard leuchtet mit einer mitgebrachten Taschenlampe sorgfältig die Wände ab. Tatsächlich findet er nach einer Weile den Zugang. Dieser war nach dem Krieg zugemauert worden. Man hat den alten Eingang mit einem Kreuzzeichen in roter Farbe versehen, sodass Adelhard deutlich erkennt, wo er sein Stemmeisen, welches er im Rucksack mitführt, ansetzen muss. Nach zwei Stunden harter Arbeit macht er eine Pause und setzt sich auf den Schutthaufen, den er produziert hat, und trinkt seinen Tee. Das bekommt ihm gut. Jetzt noch ca. eine Stunde und Adelhard hat den Durchbruch geschafft, er ist gespannt, was sich dahinter verbirgt.

«Auf geht's», feuert er sich lauthals an und macht sich wieder an die Arbeit.

Die Innenräume der Bunkeranlage sind kleinräumig unterteilt und besaßen früher sogar eine Toilettenanlage, die jetzt natürlich durch den Zahn der Zeit, verfallen ist. Adelhard leuchtet Raum für Raum mit seiner Taschenlampe aus. In einem der Nebenräume findet er die alte Sanitätsstation und das ärztliche Behandlungszimmer. Dadurch das die Ausstattung aus Edelstahl war, ist alles in einem akzeptablen Zustand, das muss nur mal gründlich gereinigt werden. Selbst das Instrumentarium ist teilweise vorhanden.

Bei seiner weiteren Erkundung bemerkt er einen Durchbruch zu einem Stollen, der in die Richtung zu seinem Haus in Ottenbeck führt. Meents folgt dem unterirdischen Gang, hier und da muss er auch hier altes Gerümpel das den Weg versperrt wegräumen, aber er kommt voran. Gefühlt ist er jetzt schon in der Nähe seines Hauses, unvermittelt ist der Gang verschüttet, es war kein Durchkommen mehr, Adelhard kehrt um. Er denkt darüber nach, es von der Seite seines Hauses, durch den Keller zu versuchen.

Nachdem er alles fotografiert und aufgezeichnet hat, macht er sich auf den langen Rückweg.

Die Nacht ist sternenklar, wie er aus dem Erdloch an die frische Nachtluft klettert.

Rund um ihn stehen die Galloways und starren ihn dumpf an, aus ihren Nüstern steigt die verbrauchte Atemluft wie Dampf in den Nachthimmel, gespenstisch sieht das aus. Behutsam drängt Adelhard sich durch die Herde, mit langsamen Bewegungen gelingt ihm das, ohne seine Unruhe auf die Tiere zu übertragen.

Am nächsten Morgen beim Frühstück liest er im örtlichen Tageblatt von einem Immobilienbetrug in der Gegend, Adelhard liest den Artikel aufmerksam und macht sich einige Notizen. Wie er die Zeitung ausgelesen hat, wirft er sie zum Altpapier und begibt sich in den Keller.
Die Arbeiten für den Außenzugang sind fast abgeschlossen. Adelhard bespricht mit dem Handwerksmeister, dass er ein wirkungsvolles Sicherheitsschloss in der Stahltür haben möchte.
«So eins was oben und unten mit Bolzen verriegelt», erklärt er dem Meister. Dieser nickt und sagt: «Das wird aber teurer, ich muss zu diesem Zweck eine andere Tür, mit einem höheren Sicherheitsstandard einbauen.»
«Alles klar, tun Sie was Sie müssen, ich hab's gern sicher», sagt Adelhard Meents und begibt sich in die hinteren Kellerräume um den Eingang zur Bunkeranlage auszumessen.
Nachdem er damit fertig ist, entschließt er sich, eine Runde über den ehemaligen Standortübungsplatz zu joggen, hier bewirkt er eh nichts, solange die Gewerke ihre Arbeit nicht beendet haben. Morgen ist Abnahme, Adelhard ist gespannt, ob die Handwerker das schaffen.
Zum ehemaligen Standortübungsplatz gehört ein alter Flugplatz. Die Geschichte der Fliegerei in Stade reicht bis in die

1930er Jahre zurück, als im Rahmen der Aufrüstung Nazi-Deutschlands im Südosten Stades, nordöstlich des heutigen Standortes, ein Fliegerhorst der Luftwaffe inklusive einer Luftwerft entstand.

Nach Kriegsende nutzten die Briten den von ihnen als Airfield B-162 bezeichneten Platz im Unterschied zu einer Reihe anderer Flugplätze in Niedersachsen nicht weiter.

Der überwiegende Teil des ehemaligen Fliegerhorstes wurde nach 1945 nicht mehr fliegerisch genutzt, gleichwohl wurde ein Teil durch die Bundeswehr weiterhin lange Zeit militärisch genutzt. Eine Verbindung zur Luftfahrt blieb jedoch erhalten, ein Fluggerätehersteller nutzt nach wie vor eine Halle der früheren Luftwerft.

Das ist schon interessant, während Adelhard den Piloten der Sportflugzeuge bei ihren Start- und Landeübungen zusieht, hat er sich die Geschichte des Flugplatzes im Internet angeschaut. Hier ist die Heimat des Luftsportvereins Günther Groenhoff e. V. Stade. Dort werden Segelflug, Motorflug und Modellflug aktiv betrieben. Kommerzielle Flüge gibt es wenige.

Adelhard joggt die, große Ottenbecker Runde, wie der Rundweg genannt wird, das sind an die 4,5 Kilometer befestigter Wander- und Radweg. Es gibt alternativ die Möglichkeit, über die Rinderweide abzukürzen, für Adelhard ist das keine Option. Am späten Nachmittag, wie er zurück zu seinem Haus kommt, haben die Zimmerleute den Carport aufgebaut und sind dabei das Dach einzudecken.

«Donnerwetter da habt Ihr aber richtig Gas gegeben», lobt er die Handwerker und stellt ihnen einen Kasten Bier hin.

Die Arbeiter freuen sich und nehmen die gebotene Pause gerne an.

«Wir sind im Plan!», sagt der Bauleiter, «Morgen ist alles fertig wie vereinbart.»

«Prima, gute Arbeit.»

Adelhard ist begeistert, das sieht nicht nur gut aus, es erfüllt zudem den Zweck das er ungesehen vom Carport in den Keller gelangen kann, auch der neue Transporter passt hinein. Alles ist perfekt geplant. Fehlt nur noch der eigene Zugang zum Bunker.

Zwei Tage später ist wieder Ruhe eingekehrt. Die Handwerker waren pünktlich fertig und der Durchbruch zu dem verschütteten Durchgang im Keller ist auch erledigt. Adelhard hat sogar schon eine Stahltür aus dem, nahe gelegenem Baumarkt geholt, um diese mit Zarge und Sicherheitsschloss einzubauen. Da er handwerklich sehr begabt ist, gelingt ihm das, zwar erst im zweiten Anlauf, aber jetzt fällt sie perfekt ins Schloss. Adelhard hat errechnet, dass er ca. 3m³ Erdreich aus dem verschütteten Stollen holen muss. Dafür braucht er zunächst Abstützmaterial, er weiß ja nicht, in wieweit der unterirdische Durchgang beschädigt ist.

Adelhard besorgt sich alles in verschiedenen Märkten und Holzhandlungen, um nicht mit großen Mengen aufzufallen. Mit seinem Transporter fährt er in den Carport und bringt das Material direkt in den Keller. Später legt er den Laderaum des Transporters mit einer Plane aus und schaufelt den Stollen frei. Das Schüttgut bringt er in einer Bütt per Sackkarre durch den Keller zum Fahrzeug. Eine schwere Arbeit ist das und er

23

merkt kaum, dass er vorankommt. Nach fünf Stunden macht Adelhard Feierabend, 3m³ hat er im Fahrzeug, noch ist kein Ende in Sicht. Spät abends fährt er außerhalb Stades an einen Ackerrand und entsorgt den Stollenaushub.

Am nächsten Tag hat er es geschafft, er ist durch. Schnell verlegt er Stromkabel und bringt überall LED-Leuchten an. Erst wie alles in einem sterilen Licht erleuchtet ist und die Durchgänge vom herumstehenden Unrat befreit sind, ist Adelhard zufrieden. Gegen Mitternacht verschließt er den Durchgang und steigt unter die Dusche. Er hat es geschafft, er kann sich nun um die Ausstattung des Bunkers kümmern. Zunächst fährt er zurück nach Emden in die Fischfabrik und lebt das andere Leben, wie er es nennt.

*

Montagmorgen Adelhard Meents ist unterwegs zu einem Fischzuchtbetrieb in der Nähe von Haren. Der Züchter hat Kontakt mit ihm aufgenommen und für seinen hochqualitativen Fisch geworben. Adelhard beabsichtigt, sich das anzuschauen.
Der Zuchtbetrieb ist eine ehemalige Agra-Industriebrache, die unter Ausnutzung der Hallen zu einem mittelgroßen Fischzuchtbetrieb mutiert ist. Alles ist gepflegt und sauber. Selbst die Außenanlagen sind akkurat angelegt. Der Fischereimeister begrüßt Adelhard persönlich am Eingang zu den Büroräumen. Er weist Adelhard anhand einer Power-Point-Präsentation in den Betriebsaufbau ein.
Es handelt sich um ein geschlossenes Kreislaufsystem aus einer Anzahl von Rundbehältern mit einem Durchmesser von bis zu acht Metern. Eine so genannte geschlossene

Kreislaufanlage. Diese Art der Fischzucht wendet man an, um von Umwelteinflüssen und hohem Wasserverbrauch unabhängig zu sein. Die Wasseraufbereitung wird im Tank durch das, integriert-rezirkulierende-Aquakultur-System bewältigt. So werden der Energiebedarf und Kosten gesenkt. Die benötigte Wärme wird durch eine nahe gelegene Biogasanlage zur Verfügung gestellt.

Nach dem Kurzvortrag, währenddem Tee und Kanapees gereicht werden, geht es zu den Zuchtbecken. Im Sortiment hat der Fischmeister Zander, Wels und Forelle. Mit Stolz zeigt er die hochqualitativen Speisefische vor. Adelhard ist begeistert ob der Qualität und macht gleich einen Liefervertrag mit dem Zuchtbetrieb. Künftig wird dieser exklusiv für die Fischfabrik in Emden produzieren. Zufrieden fährt Adelhard am Nachmittag zurück nach Emden. Dort unterrichtet er den Betriebsleiter, der ihm auf dem Flur begegnet, über den Deal. Dieser schaut ihn skeptisch an und will soeben darauf hinweisen, dass sie diese Art der Entscheidungen künftig gemeinsam treffen wollten, wie Adelhard ob der Skepsis völlig ausrastet. In einem Anfall völliger kollerig verliert er die Contenance so sehr, dass sich der Betriebsleiter stumpf abwendet und fortgeht. Adelhard bekommt Schnappatmung und folgt dem Betriebsleiter. Er will gerade zupacken, um den Leiter zurückzuhalten, als seine Mutter aus einem der Büroräume tritt.
«Adelhard, was ist hier denn los?», ruft sie empört.
Adelhard hält inne und schaut seine Mutter fragend an.
«Wie was ist hier los? Was meinst du damit?»

25

«Was ich damit meine? Du bist soeben derart unkontrolliert auf unseren Betriebsleiter losgegangen.»
Adelhard schaut in die Runde, er versteht nicht, was da passiert ist, hat einen totalen Black-out.
«Tut mir leid, das wollte ich nicht», murmelt er und verschwindet in seinem Büro.
Nachdem Adelhard sich wieder etwas beruhigt hat, läuft er zu seinem Betriebsleiter, um sich zu entschuldigen.
«Kein Problem, schon Vergessen», spielt dieser den Disput herunter. Adelhard Meents ist froh, dass er das nochmal hinbekommen hat, und telefoniert mit seinem Psychologen.

«Wie Sie mir das schildern, sollten wir schleunigst einen Termin machen da Ihre Schübe in konstant kürzeren Abständen kommen.»
Adelhard macht gleich für den nächsten Tag einen Termin und legt auf. Am Abend schlägt seine Mutter von sich aus vor, dass er in Urlaub fahren soll, um den Kopf freizubekommen.
«Du hast die ganzen letzten Jahre durchgearbeitet, brauchst eine Auszeit. Jetzt wo der Betriebsleiter eingearbeitet ist, geht das doch. Mach ein halbes Jahr Pause vom Job und denk mal nur an dich.»
Eigentlich hat Mutter Recht, denkt Adelhard, er verspricht ihr darüber nachzudenken. Später wie er in seinem Bett liegt und nicht einschlafen kann, denkt er über den Vorfall am Nachmittag nach.
Es macht ihm Angst, dass er sich nicht erinnern konnte. Ist seine Psyche schon so stark angegriffen, dass er die aggressiven Schübe nicht mehr unter Kontrolle hat? Adelhard braucht dringend Antworten, denn was da in Stade mit ihm

passiert, war doch auch eine Handlung aus seinem Inneren heraus gesteuert, ohne dass er bewusst Einfluss nimmt. Sicher er ist mit Wonne dabei, weiß aber nicht, weshalb gerade er auserkoren ist seine Großeltern von ihrer Schuld zu befreien.

Wie Adelhard am nächsten Tag von seiner Sitzung beim Psychotherapeuten zurück ist, steht sein Entschluss fest.
«Ich steige für den Zeitraum von einem halben Jahr aus dem Geschäft aus!», erklärt er seiner Mutter.
«Das ist gut mein Junge. Mach was für dich und vor allem erhol dich von den Strapazen er letzten Jahre.» Die Mutter ist heilfroh, dass ihr Sohn diese Auszeit nimmt, sie hat Angst, dass er einem Burn-out nahe ist.
Sie drückt ihren Sohn fest in ihren Armen.
«Wir schaffen das hier, mach dir da mal keine Sorgen.»

Adelhard begibt sich in die erste Etage der Familienvilla, wo seine Privaträume sind, er wünscht alleinzusein, um nachzudenken. Er legt sich aufs Bett und schließt die Augen, sofort kommt ihm die Geschichte seines Urlaubes in vergangener Zeit im Alter von 21 Jahren in den Sinn. Da war er eines Morgens blutverschmiert in seinem Bett aufgewacht, lag da genau wie jetzt in voller Bekleidung und hatte keinerlei Wahrnehmung, was in der Nacht passiert war. Er war derzeit Hals über Kopf abgereist und hat keinem was erzählt. Wochen später las er in einer überregionalen Zeitung dass, ein nach allem Anschein korrupter Makler in den Bergen von Mallorca an einem oft besuchten Touristenziel tot abgelegt wurde.
Der Tote wurde vor seinem Tod lange gequält. Bis heute weiß Adelhard nicht, ob er in diesen Mord involviert war, er kann

Halsabschneider, c 2021 Klaus-Dieter Budde

sich vage erinnern, dass ihm am Vorabend ein älteres Rentnerehepaar in einer Taverne erzählt hatte: Sie seien durch einen Immobilienschwindel mittellos geworden, worüber er sich sehr aufgeregt hatte. Wie diese Leute aussahen oder deren Namen, dies alles war nicht in seinem Gedächtnis. Adelhard sagt sich, dann war ich es auch nicht. Sicher ist er sich bei diesen Gedanken nicht. Mit seinem Therapeuten hat Adelhard über, diese Sache, nie gesprochen.

Kapitel 2

Die Nacht war aufgewühlt und voller Albträume, Adelhard ist am Morgen froh, wie die Sonne aufgeht. Wie gerädert begibt er sich ins Bad, wo er unter längerem Wechselduschen langsam wieder in Form gerät. Beim Frühstück mit seiner Mutter erklärt er, dass er mit einem Camper durch Europa reisen will. Seine Mutter strahlt über das ganze Gesicht, denn es war ein Mädchentraum von ihr durch Europa zu reisen und nun wird Adelhard das stellvertretend für sie machen. Sie ist so begeistert von der Idee, dass sie spontan aufsteht, zu ihrem Sohn an den Tisch tritt, und ihn innig umarmt.

Am Nachmittag schaut Adelhard einige Campingmobile an, so richtig kann er sich aber nicht entscheiden. Bis er bei einem Händler einen Mercedes-Benz Vito 111 CDI DPF Bestattungswagen erblickt, der zu einem Camper umgebaut ist. Äußerlich ist der Wagen nicht als Camper zu erkennen. Adelhard kauft das Fahrzeug und stellt den Wagen in Emden in einer angemieteten Garage im alten Hafen unter. Am nächsten Tag verlässt er sein Zuhause. Seiner Mutter, die ihn verabschiedet, hat er erzählt, dass er in Hamburg ein Wohnmobil angemietet hat und das heute übernehmen will.

«Wo fährst du denn zuerst hin?», möchte seine Mutter wissen.

«Ach zunächst habe ich gedacht, dass ich mir die skandinavischen Länder anschaue und später über die

29

osteuropäischen Staaten bis ans Mittelmeer fahre.»
«Das ist ein guter Plan, ich hätte es genauso gewollt», sagt die
Mutter und gibt dem Sohn zum Abschied einen Kuss.
Adelhard hebt sein Gepäck auf und lädt es in ein wartendes
Taxi. Er fährt mit kurzem Gruß davon.

Am Emder Hafen verstaut er alles in den neuerworbenen
Camper und macht sich auf den Weg nach Stade. Den Plan
einer Europatour hatte er seiner Mutter vorgelogen, weil er
wusste, dass sie da sofort zusagen wird. Seine Mission hat
Vorrang. Mutter war ein weiteres Opfer auf seinem Weg.
Über die Autobahn fährt er nach Stade. Adelhard kommt sich
vor wie ein Getriebener, der sich seiner Sache nicht sicher ist,
trotz alledem nicht von ihr lassen kann. Sein Kopf fühlt sich an
wie ein Hornissenschwarm, das eigentliche Ziel ist nicht
ausgeformt, aber eine Stimme in ihm treibt ihn permanent
weiter an. Adelhard ist nicht angespannt oder gnatzig,
Leichtigkeit ist die richtige Definition seines erhabenen
Gefühls, das er spürt. Je näher er seinem Ziel kommt, desto
beschwingter geht er mit der Sache um.
Adelhard nimmt es, wie es kommt. Hauptsache das Gefühl ist
erhebend und das ist es, wie lange nicht.
In Stade mietet er im Harschenflether Weg eine
Unterstellmöglichkeit für seinen Camper an, einen geräumigen
Schuppen mit verschließbarem Tor. Daraufhin fährt er nach
Ottenbeck in sein Haus am Claus-von-Stauffenberg-Weg und

entlädt den Camper, er verbringt ihn im Anschluss sofort in den angemieteten Schuppen und fährt mit dem Fahrrad zurück zum Haus. Das ist ein anständiges Stück Weg, zwanzig Minuten, das war gewollt, um einen Zusammenhang zwischen dem Camper und ihm zu vermeiden.

Da Adelhard aus nachvollziehbaren Gründen keine Haushälterin oder Reinigungskraft anstellt, reinigt er nach seiner Ankunft zuallererst das Haus. Später fährt er zum Discounter und kauft die Dinge des täglichen Bedarfs und einen Getränkevorrat ein. Nachdem er alles Zuhause verstaut hat, setzt Adelhard sich in einen alten Ohrensessel und entspannt bei einem Glas Rotwein. Er blickt nach vorn und plant seinen morgigen Tag. Die Wasserversorgung muss verlegt und ein paar Reinigungs- und Maurerarbeiten erledigt werden. Er beabsichtigt am nächsten Morgen noch einmal in den ein oder anderen Baumarkt zu fahren.

*

«Ja, ja, ich komm ja schon!» Adelhards Mutter eilt durchs Haus zum Telefon, das schon seit geraumer Zeit klingelt. «Hallo, wer ist dran?»
«Praxis Professor Doktor Hoff, Melanie Merkel am Apparat. Kann ich bitte Herrn Adelhard Meents sprechen?», flötet eine Dame ins Telefon.
«Mein Sohn ist seit einer Woche auf Europatour und ist für die nächsten sechs Monate nicht zu erreichen», erklärt die Mutter der Sprechstundenhilfe.

31

«Das kann jetzt aber nicht sein! Ihr Sohn hat heute einen umfangreichen Therapietermin beim Professor», echauffiert sich Melanie Merkel.

«Wann ist der Termin bitte?»

«13:00 Uhr, warum fragen Sie?»

«Sagen Sie Ihrem Professor, dass ich den Termin heute wahrnehme. Wie war noch die Anschrift?»

Nachdem die beiden die notwendigen Daten ausgetauscht haben, legt die perplexe Mutter auf. Was war das wieder für eine Geschichte, Adelhard ist doch nicht erkrankt?

Professor Hoff empfängt Adelhards Mutter und bietet ihr Platz an. Nach den üblichen Begrüßungsfloskeln kommt er zügig zur Sache.

«Ihr Sohn muss so rasch wie möglich eine Therapie in einer geschlossenen Einrichtung machen. Ich habe mit einigen Kollegen eine Fallanalyse erstellt und wir sind zu dem Ergebnis gekommen, das eine Therapie in einer Einrichtung, den größten Erfolg verspricht. Bisher unterdrückt Ihr Sohn mit den verschriebenen Medikamenten die Auswirkungen der Krankheit. Es ist absehbar, dass das nicht von Dauer ist.»

Adelhards Mutter versteht nur Bahnhof, ihr Sohn ist seelisch leidend? Davon hatte sie keine Ahnung.

«Was hat mein Sohn denn?», fragt sie verständnislos nach.

«Er hat Ihnen nichts gesagt?», erstaunt sich der Professor.

«Nein, ich weiß von nichts, das ist alles neu für mich.»

Adelhards Mutter schaut den Professor fragend an.

Eine Stunde später hat sie sich durch die Erklärungen des

Halsabschneider, c 2021 Klaus-Dieter Budde

Psychologen ein Bild gemacht und schaut verängstigt in das Gesicht des Professors.

«Was mach ich denn nun?», fragt sie ihn.

«Vorerst können wir nur hoffen, dass Adelhard sich bei uns meldet, spätestens wenn er Medikamente braucht, ruft er an, Adelhard ist ja ein vernünftiger Mensch», sagt der Professor, glaubt aber nicht so recht daran.

Adelhards Mutter fährt zurück in den Betrieb um nach dem Rechten zu sehen, die Ablenkung durch die Arbeit beruhigt sie. Wie sie nachhause fährt, ist es spät am Abend, sie macht sich wieder Sorgen um ihren Jungen.

«Warum hat er mir das nicht gesagt?», fragt sie sich im Auto.

*

Eine Woche später Adelhard ist mit seinen Ausbauarbeiten in der Bunkeranlage weit gekommen. Die Wasserzufuhr ist sichergestellt und er hat den kompletten Bunker mit einem Kärcher Hochdruckreiniger gesäubert. Die alte Sanitätsstation, die komplett gekachelt ist, sieht schon wie ein steriles Behandlungszimmer aus, es fehlt noch das nötige Equipment. Er setzt sich an den Computer und bestellt im Net die benötigte Ausstattung, da sind: Ein Seziertisch höhenverstellbar, ein Wasch- und Seziertisch, zwei Nackenstützen NS 10, Körperstützen und Körperauflagebleche.

Ein Abluftventilator und eine Spezial-Zuluft Haube. Einen fahrbaren Konservierungstank sowie Sezierinstrumente und Autopsie Sägen. Ferner Untersuchungsleuchten und Regaleinrichtungen, Abdeckhauben und Beistelltische, Hub- und Transportwagen plus eine Entsorgungsstation für

Formalin. Schicke Edelstahlmöbel und Sicherheitsschränke sowie eine Formalinversorgung und ausreichend Flächendesinfektion. Adelhard fühlt sich in seine Studienzeit zurückversetzt, da haben sie an manchen Abenden aus der Laune heraus, um zu lernen, ganze Pathologien virtuell eingerichtet.

Die Rechnung ist immens, Adelhard sendet den Auftrag dennoch ab. In einer Woche wird geliefert, er ist gespannt. Da alles erledigt war, fährt er mit dem Rad zum Harschenflether Weg und holt den Camper aus dem Schuppen.

Langsam kurvt er durch den Landkreis und schaut sich die Umgegend sorgfältig an. Er hat sich vorgenommen, in Deinste in der Mühle zu Abend zu essen, wie er dort ankommt, steht er vor verschlossener Tür.

«Die haben den Laden zugemacht!», ruft ihm ein Angler, der am nahen See sitzt, freundlich zu.

Unverrichteter Dinge fährt er zurück nach Stade, bringt den Wagen wieder in den Schuppen und fährt mit dem Rad in die Innenstadt. Dort landet er im Rammbock und vertilgt ein Steak mit Bratkartoffeln. Gesättigt macht er sich auf den Weg nach Ottenbeck.

*

Tage später. Björn von Klippersdorf ein 47-jähriger Investmentmanager mit eigenem Investmentunternehmen, sitzt mit seiner Frau Jana von Klippersdorf auf der Terrasse seiner Villa in Eilendorf bei Buxtehude und frühstückt.

«Was hast du heute so auf deinem Plan?», fragt Jana ihren Ehemann.

«Ich habe heute Nachmittag einen Termin bei einem Investor, der möchte sein Geld gewinnbringend bei uns anlegen, da

sind ein paar Details zu besprechen. Danach schaue ich bei meinem Rechtsanwalt vorbei, wegen des Rechtsstreit mit diesen Rentnern aus Stade. Er hat signalisiert, dass das Verfahren eingestellt wird.»
«Oh, das hört sich gut an, dann war diese Geschichte ja noch im Rahmen der Legalität. Was machst du heute Vormittag? Golfen?»
«Nee, erst fahre ich zum Friseur, hab da einen Termin um halb zehn, später fahre ich nach Deinste zum Golfen.»
«Nicht nach Daensen?», hakt Jana nach.
«Nein Daensen ist zurzeit nicht obsolet, wegen der Immobilienpleite in Spanien.»
«Ok, ich bin heute den ganzen Tag zuhause, wenn du gegen Mittag vorbeischauen könntest? Dann Essen wir zusammen.»
«Ja klar, mach ich gerne», sagt Björn von Klippersdorf, gibt seiner Angebeteten einen dicken Kuss auf den Mund und macht sich auf zum Friseur.

Björn fährt mit seinem neuen Range Rover Evoque HSE zunächst die B73 bis Stade, stellt den Wagen am Hafen ab und eilt den kurzen Weg zum Friseur. Er ist spät dran, schafft es jedoch zur verabredeten Zeit. Am Pferdemarkt schlüpft er pünktlich in den Salon des, Super-Friseur.
Er lässt sich einen modischen Kurzhaarschnitt mit einem so genannten Undercut verpassen. Nach zwanzig Minuten ist er wieder auf dem Weg zu seinem Wagen. Aus einem Impuls heraus schaut er sich um, er wird das Gefühl nicht los, das er verfolgt oder beobachtet wird, entdeckt aber niemandes.
Verunsichert fährt Björn zum Golfen nach Deinste.

Der Golf Club Deinster Geest verfügt über einen 18 Löcher Golfplatz, der mit Sachverstand in die Geestlandschaft integriert wurde. Hier macht das Golfen noch Spaß. Der Platz ist nicht so überlaufen wie andere vergleichbare Plätze. Björn von Klippersdorf ist in mehreren Golfclubs rund um Hamburg Mitglied und kann das beurteilen. Da es heute nicht beständig mit der Wetterlage aussieht, ist Björn fast allein auf dem Platz, was ihn nicht stört, so kann er sich Zeit lassen und Schläge, die noch nicht so richtig sitzen, konditionieren.

Während seiner Übungen denkt Björn von Klippersdorf über sein Geschäftsmodell nach. Es ist ein zwielichtiges Geschäftsmodell und bewegt sich oft in der so genannten Grauzone zur Illegalität. Bisher hatte er Glück und konnte alle Forderungen geprellter Investoren vor Gericht zurückweisen, ob das lange gut geht, er weiß es nicht.
Er kann das Angebot seiner Frau Jana annehmen, die mit ihren 27 Jahren, Alleinerbin von mehreren Millionen Euro Barvermögen ist und über ein immenses Immobilienvermögen verfügt, um sich aus dem Investmentgeschäft zurückzuziehen.
Er würde dann die Immobilien von Jana in Hamburg, Berlin, Dresden und Stade verwalten. Björn von Klippersdorf tut sich schwer damit, für seine Gattin als Hausverwalter zu arbeiten. Letzten Endes hat er wohl keine andere Wahl.
In Gedanken golft er sich von Grün zu Grün, mal erfolgreich mal weniger, er hört ein Geräusch von hinten rechts, wie er sich umdrehen will, verspürt er einen heftigen Schlag. Es wird dunkel um ihn. Er denkt noch: *Jana*. Wie sein durchtrainierter Körper den Boden berührt, hat der Tod ihn schon ereilt.

*

Halsabschneider, c 2021 Klaus-Dieter Budde

Am Mittag steht Jana von Klippersdorf im Speisezimmer und wartet auf ihren Ehemann. Dass er nicht pünktlich ist, das kennt sie. Doch hier stimmt was nicht, denn Björn ruft immer an, wenn er sich verspätet. Die Hauswirtschafterin schaut fragend zur Tür herein.

«Anna ich fange schon mal an, vielleicht erscheint mein Gatte ja später zum Mittagessen», ordnet Jana an.

Das Personal bringt sogleich die Speisen an den Tisch, sie haben geraume Zeit nebenan gewartet. Nach dem Mittagessen ruft der Investor aus Hamburg erbost an, er wartet bereits eine Stunde im Radisson Blue auf Björn von Klippersdorf, wie er sagt. Jana entschuldigt sich bei dem Kunden und macht für den nächsten Tag einen neuen Termin. Als sie auflegt, stehen Sorgenfalten auf ihrer Stirn.

Wo ist Björn abgetaucht? Was hat er jetzt wieder angestellt? Er wollte lediglich zum Friseur. Dieser bestätigt ihr auf Rückfrage den Besuch ihres Gatten, kann aber nichts darüber sagen, wo Björn hinterher hinwollte. An sein Telefon geht er nicht, da ist die Mailbox dran. Auf dem Golfplatz hat ihn auch niemand gesehen.

Jana von Klippersdorf hat schon einige Eskapaden ihres Gatten erlebt, nimmt sich vor, die Polizei einzuschalten, wenn er sich bis morgen Mittag nicht gemeldet hat.

*

Adelhard der mit dem Transporter unterwegs ist, fährt in den Carport vor seinem Haus in Ottenbeck. Adelhard ist euphorisch, ihm ist ein wahrer Coup geglückt. Er war in einem Friseursalon in Stade am Pferdemarkt, zufällig Zeuge eines Gesprächs zwischen dem Friseur und einem Kunden. Der Friseur sprach den Kunden mit, Herr von Klippersdorf an und

Halsabschneider, c 2021 Klaus-Dieter Budde

unterhielt sich mit ihm über Investmentfonds und Immobilienkäufe.

Bei Adelhard gingen sofort die Alarmglocken an, von Klippersdorf, den Namen hatte er schon einmal irgendwo gelesen. Er schaut in seinem Notizbuch nach, tatsächlich, er hatte den Namen notiert. Von Klippersdorf hat ein altes Rentnerehepaar durch dubiose Fondsanleihen um ihr Erspartes gebracht. Er steht zwar nicht oben auf seiner Liste, aber da er schon einmal hier ist, will Adelhard sich um ihn kümmern. Er fährt ihm nach und überrascht den arglosen Investmentmanager beim Golfspiel.

Zwei Stunden später schleppt Adelhard einen großen 20 Liter Behälter, der mit einem Deckel verschlossen ist, in den vorbereiteten Bunker. Dort öffnet er das Gefäß und entnimmt das Haupt von Björn von Klippersdorf. Nachdem er den abgetrennten Kopf in langer Sisyphusarbeit gereinigt und präpariert hat, legt er ihn in ein Kugelglas, das mit einer Formalin-Lösung gefüllt ist und schraubt dieses fest zu. In einer Art beleuchteten Vitrinen-Schrank, der klimatisiert ist und eine Innentemperatur von 8° konstant hält, stellt er das Gefäß ab.

Frisch frisiert schaut von Klippersdorf wie ein Goldfisch aus dem Glas, sein Blick drückt noch die Überraschung ihrer Begegnung aus. Das gefällt Adelhard.

Er reinigt und desinfiziert seinen Arbeitsplatz und eilt durch den langen Stollen zurück in sein Wohnhaus. Dort öffnet er eine Flasche guten Rotwein, einen Merlot, und schaut sich einen alten Pilcher Film an, er liebt diese Schmonzetten. Im Fernsehen laufen zurzeit nur Krimis, das ist überhaupt nicht

Halsabschneider, c 2021 Klaus-Dieter Budde

sein Ding, die werden seiner Meinung nach immerfort verworrener. Visionen über Visionen kein klares Tatbild, das gefällt ihm nicht.

Bei seinen Taten gibt es das nicht, da ist alles durchstrukturiert von Anfang an. Weinselig und zufrieden legt Adelhard sich spät in der Nacht schlafen.

*

Ramgad eine erfolgreiche Versicherungsmaklerin aus der Samtgemeinde Fredenbeck war heute früh aufgestanden, um sich mit ihrem Mischlingshund Moritz, mal wieder dem Golfsport hinzugeben.

Die ersten sechs Löcher hat sie Par gespielt. *So kann es weitergehen,* denkt Ramgad. Wie das im Leben ist, beim siebten Abschlag passiert es, der Ball landet abseits des Fairways, im Hard-Rough.

Zerknirscht begibt sich Ramgad auf die Suche nach dem Golfball. Moritz, ihr Hund hilft mit, was für ihn ein spannendes Suchspiel ist.

Aber, was ist das? Moritz legt sich plötzlich hin und jault in den höchsten Tönen, das tut er sonst nie. Ramgad, die ein paar Schritte entfernt ihrem Golfball nachspürt, eilt rasch zu ihrem Hund. Sie denkt, *vielleicht hat er sich etwas in die Pfote getreten.* Dann sieht sie den Grund für das Verhalten ihres Hundes, unweit der Stelle, wo Moritz am Boden liegt, ruht ein Mann in Golfmontur im langen Gras.

Ramgad tritt näher heran und erschrickt. Da ist kein Kopf mehr an dem Golfer, unsicher und verängstigt schaut sie sich um. In der Nähe liegt ein Golf-Caddy im angrenzenden Buschwerk. Ramgad holt ihr Smartphone aus der Tasche und ruft die Polizeistation in Fredenbeck an.

Die Situation macht der Golferin Angst, schnell ergreift sie die Leine von Moritz und hastet mit ihm zum Parkplatz der Golfanlage, der Polizei entgegen.

Die Polizeistation Fredenbeck hat mit Oberkommissar Wilfried Hertig, einen versierten Beamten entsendet.

Ein Schlacks, der bekannt dafür ist, dass er sich oft hinter seinen Vorschriften versteckt. Ramgad begrüßt ihn kurz und führt den Polizisten schweigsam zu ihrem Fund.

«Ja da kann ich auch nichts tun, da muss ich in Stade anrufen!», sagt Hertig und geht ein paar Schritte abseits, um zu telefonieren.

Später bittet er Ramgad Drexel, sich ins Klubhaus zu begeben und auf die Kriminalpolizei Stade zu warten, die bald erscheint. Ramgad tut wie geheißen und Oberkommissar Hertig macht sich daran den Tatort weiträumig mit Trassierband abzusichern. Wie er damit fertig ist, telefoniert er noch einmal mit Stade: «Wo bleibt Ihr denn?», motzt er in sein Smartphone.

*

«Wir sind auf dem Weg», beruhigt der zuständige Kriminalhauptkommissar Heino Kleinemeier den Fredenbecker Beamten und legt auf.

«Dorfpolizisten!», sagt er abfällig und richtet seine Krawatte vor dem imposanten Spiegel in seinem Dienstraum. Ja er ist eitel aber dazu steht er und nimmt das Gefrotzel der Kollegen gerne in Kauf. Er legt nun einmal Wert auf eine sportliche Figur und ist gerne chic angezogen.

«Wer war denn dran?», will seine Kollegin Kriminaloberkommissarin Vivian Steffens wissen.

Halsabschneider, c 2021 Klaus-Dieter Budde

«Ach dieser Hertig aus Fredenbeck, hat auf dem Golfplatz einen Leichenfund. Die Spurensicherung ist schon auf dem Weg, lass uns noch auf Jörg warten dann fahren wir gemeinsam hin», antwortet Kleinemeier.

«Heino, ich fahr schon mal vor, du kommst mit Jörg nach. Ich mach mir gerne früh ein Bild vom Tatort. Weißt ja, der frühe Vogel fängt den Wurm!», sagt Vivian und grinst über das ganze Gesicht.

«Ok, mach was du nicht lassen kannst, ich brühe mir erst noch einen Kaffee auf, das mit Jörg dauert wohl wieder was länger», sagt es und macht sich an der Kaffeemaschine zu schaffen. Er nimmt sich einen Kaffee und setzt sich an seinen Schreibtisch.

Angewidert blickt er auf den Schreibtisch, der ihm gegenübersteht. Das ist der Schreibtisch des Kollegen Kriminalkommissar Jörg Merkens, verkrümelt, fettig und unaufgeräumt, sieht nicht aus wie ein Computerarbeitsplatz, eher wie eine Knabberbude, findet Heino Kleinemeier. Sein Kollege ist ein Workaholic, immens intelligent, mit nicht immer legalen IT-Kenntnissen, der eher ungepflegt herüberkommt. Aber ein sehr liebenswürdiger blitzgescheiter Ermittler, den er in seinem Team nicht missen will. Wie Jörg Merkens zum Dienst erscheint, fahren die beiden, nach kurzer Einweisung zum Fundort der Leiche nach Deinste.

*

Vivian Steffens begrüßt Polizeioberkommissar Hertig freundlich distanziert. Sie lässt sich in den Fundort der Leiche, an dem die Mitarbeiter der Spurensicherung ihrer Arbeit nachgehen, kurz einweisen. Sie schaut sich um, macht sich

Halsabschneider, c 2021 Klaus-Dieter Budde

Notizen, fotografiert den Fundort und eilt zum Klubhaus der Golfer, um mit der Zeugin zu sprechen.

«Vivian Steffens», stellt sie sich vor und streckt Ramgad ihre Hand entgegen.

«Ramgad», antwortet diese und ergreift freundlich die Hand der Kommissarin.

Sie berichtet, wie sie die Leiche gefunden hat und dass sie nichts angefasst und auch nichts verändert hat. Vivian nimmt alles zu Protokoll und bietet der Zeugin professionelle Hilfe an, falls sie mit der auffinde Situation nicht zurechtkommt.

Ramgad lehnt dankend ab und verabschiedet sich.

Auf dem Heimweg denkt sie darüber nach, das Golfspiel aufzugeben.

Vivian begibt sich wieder auf den Weg zum Fundort, unterwegs nehmen ihre Kollegen sie mit einem Golfwagen mit, den sie sich organisiert haben. Sie ist dankbar, denn es ist ein beträchtliches Stück Weg bis zum siebten Abschlag.

«Und schon was ermittelt?» Will Heino Kleinemeier von ihr wissen.

«Ja das habe ich. Bei dem Toten handelt es sich um Björn von Klippersdorf einen siebenundvierzigjährigen Investmentmanager aus Eilendorf.

Die Spurensicherung hat seine Ausweispapiere sichergestellt, seine Geldbörse und Fahrzeugschlüssel sind unangetastet.

Den Wagen haben wir bisher nicht gefunden, auf dem Parkplatz steht der nicht.»

Vivian springt vom Golfwagen und wartet, bis ihre Kollegen sie zum Fundort begleiten. Dort wartet die Rechtsmedizinerin auf sie.

Halsabschneider, c 2021 Klaus-Dieter Budde

«Hallo Dr. Birkenfels, was haste Relevantes für uns, oder sind wir zu früh?», fragt Kriminalhauptkommissar Heino Kleinemeier.

«Ja, was haben wir? Eine männliche gut trainierte Leiche ohne Kopf. Dieser wurde mit einer Machete oder was Ähnlichem, wie es aussieht, mit einem einzigen Hieb abgetrennt.»

«Postmortal?», hakt Vivian ein.

«Nein das war die einzige Berührung, insofern der Tötungshieb», antwortet die Rechtsmedizinerin, «der Täter besitzt entweder ein rattenscharfes Mordinstrument, oder er verfügt über große Kräfte», führt Dr. Birkenfels aus.

Während sie ihre Ausführungen macht, wird der Leichnam in einen Metallsarg gelegt und davongetragen.

«Ok, Danke erst mal, wenn du weitere Ergebnisse hast bitte kurze Info an uns, kannst dir sicher vorstellen, was los ist, wenn die Öffentlichkeit von dem Fund erfährt.»

Dr. Birkenfels nickt kurz und folgt ihren Mitarbeitern, die den Tatort verlassen.

Die Kriminalkommissare teilen sich auf, Jörg Merkens schaut sich in der Umgegend nach dem Fahrzeug des Opfers um, den Schlüssel hat er von der Rechtsmedizin erhalten. Vivian Steffens und Heino Kleinemeier fahren nach Eilendorf zur Wohnung des Opfers.

Unterwegs fragt Vivian die Daten des Opfers ab, dabei stößt sie auf die Vermisstenanzeige der Ehefrau.

«Seine Frau hat ihn vermisst gemeldet», berichtet sie Heino Kleinemeier ihrem Vorgesetzten, der den Wagen fährt.

«Sieh an, man hat ihn also vermisst. Hat Grit verlautbaren lassen, wie lange der Tote dort lag?», fragt er Vivian. Die das verneint und gleich die Nummer der Rechtsmedizinerin anwählt.

«Dr. Birkenfels», meldet sich die Rechtsmedizinerin.

«Ah ja Frau Doktor, hier Vivian Steffens nochmal, können Sie schon eine Aussage machen, wann der Tod des Opfers eingetreten ist, zumindest überschlägig, das würde uns sehr helfen», trägt Vivian ihr Anliegen vor.

«Ja präzise habe ich das noch nicht, aber gehen Sie von gestern zwischen 12:00 Uhr und 15:00 Uhr aus.»

«Danke, Sie haben was gut bei mir», sagt Vivian und legt auf. Heino Kleinemeier der das Gespräch mitverfolgt, nickt zufrieden.

«Das kann nicht sein, das auf einem, öffentlich zugänglichen Golfressort, einen halben Tag ein Toter herumliegt und keiner kriegt was mit!», schimpft er und steuert den Wagen in die Einfahrt des Grundstücks der von Klippersdorf.

*

Rechtsmedizinerin Dr. Grit Birkenfels ist spät am Abend extrem konzentriert bei der Arbeit, sie hat Proben entnommen, die sie analysiert. Vornübergebeugt steht sie über dem Mikroskop und schaut sich eine der Proben an. Wie sie sich vom Binokel aufrichtet, wird sie von hinten zärtlich umarmt. Abrupt stellt sie die Arbeit ein und schaut sich um.

«Was soll das?», sagt sie ungehalten, «mit dir bin ich fertig! Begreif das endlich! Sonst melde ich deine sexuellen Übergriffe eines Tages doch noch und jetzt raus hier!»

«Nun hab dich nicht so, nur weil ich dich mal berühre, musst du ja nicht gleich solch einen Aufstand machen», raunzt der

Staatsanwalt sie an. «Morgen früh bei der Lagebesprechung will ich Ergebnisse sehen, damit das klar ist», mosert er und verlässt die Rechtsmedizin unter Türknallen.

Grit Birkenfels setzt sich auf einen Stuhl, das hat ihr noch gefehlt, dass dieser Gunnar Zipperlein die staatsanwaltlichen Ermittlungen leitet, er ist ein hyperaktiver, detailversessener extrovertierter Fatzke, 58 Jahre alt und aus untadeligem Hause. Sie muss es wissen, sie war ein paar Wochen mit diesem Fatzke liiert. Oft hat sie ihn in seiner Villa in Eilendorf bei Buxtehude besucht. Bis sie, ob seiner Sexualpraktiken und dem Gerede, die Notbremse zog und die Beziehung beendete. Seit dem Tag macht er ihr, wo er kann, die Hölle heiß.
Ein Stinkstiefel hoch drei findet sie und macht sich wieder an ihre Arbeit.
Die 48-jährige Grit mag ihren Körper, ihre pralle Rubensfigur ist ihr ganzer Stolz. Als sie herausbekam, dass sich der Staatsanwalt bei seinen Kollegen lustig über sie macht, stellt sie ihn zur Rede und beendet das Verhältnis. Denn das hat sie nicht nötig, im Übrigen gefällt ihr die Figur.

*

Adelhard ist am Morgen mit schwerem Kopf aufgewacht, nach einem starken Kaffee geht es ihm eine Spur besser. Zum Frühstück fährt er mit dem Fahrrad in die Innenstadt von Stade, er hat davon gehört, dass man im Altstadt Café gut frühstücken kann. Nachdem das bestellte Frühstück auf dem Tisch steht, vertieft er sich in das mitgebrachte Stader Tageblatt. Im Lokalteil sucht er vergebens nach einem Bericht über seine Tat. Hat niemand den Toten gefunden? Er hatte den Investmentmanager nicht versteckt, geschweige denn

45

berührt. Eines ist sicher, Spuren werden sie von ihm am Tatort nicht finden. Die Tötung war berührungslos, lediglich die Schächtaxt hat den Makler berührt und die war steril und garantiert ohne anhaftende DNA.

Adelhard ist stolz auf sein Werk, es fehlt noch das öffentliche Interesse. Während der Lektüre verspeist Adelhard drei Vollkornbrötchen, das Frühstück ist hier recht gut. Adelhard gibt ordentlich Trinkgeld und schäkert beim Verlassen des Cafés mit der Bedienung herum.

Diese schaut ihm lange nach, sie mochte den Rotschopf von der Nordseeküste.

*

Kriminalhauptkommissar Heino Kleinemeier ist der Erste im Konferenzraum und bereitet die so genannte Morgenlage vor. Die Rechtsmedizinerin Dr. Grit Birkenfels war die Nächste und zieht Heino, der sie erstaunt anschaut, an die Seite.

«Hast du gehört, welcher Staatsanwalt die Sache leitet?», fragt sie ihn.

«Nee war gestern spät wieder hier, wer macht das denn?»

«Gunnar Zipperlein. Er war am späten Abend in der Rechtsmedizin und hat mich unter Druck setzen wollen, hab ihn rausgeschmissen», berichtet Grit Birkenfels.

«Oh, da haben wir ja gleich einen Spaß.»

Heino Kleinemeier nimmt das mit Humor, er mag diesen Stutzer auch nicht, muss ab und an mit ihm arbeiten. Die Kollegen wissen um das ehemalige Verhältnis der beiden, aber da hält man sich raus. Wenn Zipperlein zu grob mit der Rechtsmedizinerin herumspringt, schreitet Heino schon mal ein und verbittet sich den Ton. Bisher hat das gut funktioniert.

Halsabschneider, c 2021 Klaus-Dieter Budde

Nach und nach trudeln die anderen Mitarbeiter ein, schnell spricht es sich herum, dass Staatsanwalt Zipperlein die Ermittlungen leitet. Dann war es soweit, der Staatsanwalt betritt den Konferenzraum: «Einen wunderschönen guten Morgen allerseits», ruft er ihnen zu. Und setzt sich neben Kriminalhauptkommissar Kleinemeier.

«Na dann legt los, was haben wir bisher ermittelt?», fragt er in die Runde und sein Blick bleibt bei Dr. Birkenfels hängen. Kriminalhauptkommissar Kleinemeier der das bemerkt hat, ergreift das Wort und weist den Staatsanwalt in die Ermittlungen ein. Die Rechtsmedizinerin berichtet, dass es keinerlei Spuren eines möglichen Täters gibt und dass die Tat mit einem scharfen Schwert oder Beil verübt wurde.
«Keine Spuren? Das kann ich mir nicht vorstellen!», meint der Staatsanwalt süffisant.
«Ich habe alle Spurenträger nach Hannover geschickt, damit die dort mit ihren besseren Geräten nochmal darüber schauen.»
Dr. Birkenfels schaut den Staatsanwalt geradeheraus an, als sie das ausführt, dann setzt sie sich und würdigt ihn keines Blickes mehr.
Kriminaloberkommissarin Vivian Steffen ergreift als Nächste das Wort. Sie berichtet über die privaten Verhältnisse der von Klippersdorf: «Björn von Klippersdorf hat den Namen seiner Ehefrau angenommen, hieß zuvor Müller und hat unter diesem Namen eine Anzahl von Vorstrafen.
Betrug, Bestechung und Nötigung, alles mittelgroße Delikte, an denen er beteiligt war. Mit seiner Heirat verließ er offiziell die schiefe Bahn, macht eine Ausbildung in der

Halsabschneider, c 2021 Klaus-Dieter Budde

Investmentbranche und gründet mit der finanziellen Unterstützung seiner Ehefrau Jana von Klippersdorf seine Firma», berichtet Vivian und sieht die Fragen in den Augen ihrer Zuhörer.

«Als Investment Manager koordinierte und betreute von Klippersdorf Beteiligungen. Er arbeitete mit verschiedenen Fondsgesellschaften, Banken und Finanzdienstleistern zusammen. Seine Investmentfirma war auch in der Immobilienbranche tätig. Das Opfer suchte fortlaufend nach potenziellen Investoren, denen er die jeweiligen Stärken eines Investitionsobjekts schmackhaft machte und mögliche Investitionsrisiken verschwieg. Hatte der Investor investiert, wurde er abgeschöpft», erklärt sie ihren Kollegen. «Das tat er nicht gleich sofort, manche Investoren glauben noch heute an eine hohe Rendite. Da von Klippersdorf als Investment Manager für die Betreuung sowie die Koordination der von ihm ausgewählten Projekte verantwortlich zeichnet, konnte er den Zeitpunkt des Abschöpfens selbst bestimmen.» Vivian beendet ihre Ausführungen und übergibt das Wort an Kommissar Jörg Merkens.

Merkens erhebt sich und bewegt sein 100kg Körpergewicht nach vorn, während er mit der Rechten die Maus bewegt, fährt er mit der linken Hand durch seine lange ungepflegte Mähne.

«Ich habe das Smartphone und das Navigationsgerät seines Wagens ausgelesen, da war nichts, was wir nicht schon wissen», berichtet der Kommissar, «seinen Computer und sein Tablet sowie das Notebook habe ich bei mir. Nach der Besprechung schau ich, was da Relevantes zu finden ist.»

48

Jörg Merkens berichtet, das er den Wagen, einen Range Rover Evoque HSE, in Höhe des fünften Lochs in einem Waldweg gefunden hat und er davon ausgeht, dass Björn von Klippersdorf dort mit dem Golfspiel begann.

«Die Löcher fünf, sechs und sieben gelten als schwierig und es ist auch bei anderen Golfspielern des Golfclubs durchaus üblich, dort einzusteigen und die Schwierigkeiten zu üben», beendet der Kommissar seine Ausführungen.

Er bewegt seinen massigen Körper wieder zurück zu seinem Platz und greift sich gleich eines der belegten Brötchen die auf dem Konferenztisch stehen.

Der Staatsanwalt bedankt sich bei den Ermittlern, weist auf seine Erfolgsquote hin und macht deutlich, dass er es nicht hinnimmt, wenn sich daran was ändert. Er verlässt den Konferenzraum, nicht ohne Grit noch einmal unverschämt anzugrinsen.

«Arroganter Fatzke!», ruft einer der Teilnehmer und die anderen klopfen zur Bestätigung auf den Konferenztisch.

«Leute jeder weiß, was er zu tun hat! An die Arbeit. Morgen früh will ich hier mehr haben, als das, was wir bisher ermittelt haben», sagt Kriminalhauptkommissar Heino Kleinemeier, ohne auf den Kommentar des Kollegen einzugehen.

Die Teilnehmer der Morgenlage begeben sich an ihre Arbeitsplätze.

*

Professor Hoff macht sich Sorgen, er hat wiederholt die Krankenakte von Adelhard Meents studiert.

Der Psychotherapeut ruft seine Assistentin und bittet sie, dass sie die Mutter von Adelhard in die Praxis bestellt.

Adelhard hatte weder Medikamente geordert noch sich in der Praxis oder direkt beim Professor gemeldet.

Am Nachmittag kommt Frau Meents und sie beratschlagen, was man in die Wege leiten kann, um Adelhard aufzuspüren. «Ich weiß, dass Adelhard zuerst die skandinavischen Länder bereist», berichtet Adelhards Mutter, «später wollte er über die osteuropäischen Staaten bis ans Mittelmeer fahren.» Der Professor nickt ihr zu und schlägt vor, eine Suchmeldung in den skandinavischen Ländern zu versuchen und wenn das nicht fruchtet, die Suche auf die osteuropäischen Länder auszuweiten.

«Steht es denn so schlecht um meinen Jungen?», fragt Frau Meents und schaut den Professor traurig an.

«Ja, das wissen wir nicht so genau, aber die Prognose, auch meiner Kollegen, die ich in dem Fall um Unterstützung gebeten habe, ist nicht gut.»

«Da machen Sie, was Sie für richtig halten, wenn es dem Jungen hilft.»

Adelhards Mutter steht auf und verlässt grußlos die Praxis. Der Professor leitet eine Suchmeldung nach seinem Patienten ein. Er hat alles für Adelhard getan, was in seiner Macht steht, sie müssen ihn nur noch finden.

*

Inzwischen kümmert sich Adelhard um die Vorbereitung zum nächsten Vergeltungsschlag. Er hat seit Jahren Pressemitteilungen über Investmentbetrug und illegalem Kapitalentzug verfolgt und die Artikel der ganz perfiden Fälle in einigen Ordnern gesammelt.

Auch eigene Recherchen, teilweise durch Privatermittler

unterstützt, runden das Bild ab, das er sich von den Tätern macht. Er liest sich in die Taten einer mittlerweile pensionierten gut situierten Sechzigerin ein.

Die pensionierte Investmentbankerin hat in ihrer Berufsausführung als Bankangestellte, oft Risikopapiere vermittelt, ohne auf die jeweiligen Risiken der Papiere hinzuweisen. Durch dieses Gebaren wurden die Existenzen gutgläubiger Anleger zerstört. Die Bankerin musste nach Abschluss der Ermittlungen die Bank verlassen. Da nicht festgestellt werden konnte, ob eine Risikoberatung stattfand, oder nicht, wurde die Sammelklage der Anleger abgewiesen. Wenige verglichen sich mit der Bank, andere, meist ältere, nicht so wehrhafte Anleger gingen leer aus.
Zwei der Anleger beendeten daraufhin ihr Leben, sie hatten das komplette Familienvermögen verloren und kamen mit der Schmach nicht zurecht.
Die Bankerin, zu deren Aufgaben es gehörte, Unternehmen bei der Restrukturierung bestehender Fremd- und Eigenkapitalstrukturen zu beraten sowie bei der Strukturierung zu unterstützen, wurde vonseiten der Bank in einem Gentleman Agreement, vorzeitig in den Ruhestand versetzt. Ihr Lebensstandard, war erstaunlich, sie hat in ihrem Berufsleben reichlich was abgezwackt und durch Risiko-Investments in Spanien, ein beträchtliches Vermögen zusammenverdient.

Adelhard hat herausbekommen, dass die Dame eine passionierte Schachspielerin ist, die sich, einmal in der Woche

51

in Stade im Seniorencafé, mit einem älteren Herrn zum Schachspiel trifft.

Ferner hat sie ein Reitpferd, in einem Stall bei Ohrensen stehen, um das sie sich täglich rührend kümmert. Hier findet Adelhard, ist die einzige Chance an die Dame heranzukommen, er denkt darüber nach, sie bei einem Ausritt abzugreifen. Wenn er nur nicht solch einen Respekt vor Pferden hätte.

*

Kriminalkommissar Heino Kleinemeier ist auf dem Weg nach Deinste, er möchte sich den Tatort, in dem Zeitfenster, indem der Mord geschehen ist, in Ruhe anschauen. Vivian Steffens begleitet ihn. Still sitzen sie auf einer kleinen Bank unweit des Tatortes und beobachten das Geschehen auf und um den Golfplatz. Zuerst bleibt alles ruhig, was verständlich war, denn hier hat man einen Toten gefunden, da spielt vorerst niemand Golf.

Kurz vor der berechneten Tatzeit kommt der Platzwart mit seinem Rasentraktor und mäht das Grün. Nach zehn Minuten hat er die Rasenpflege beendet und will weiter zum nächsten Grün. Heino springt auf und stellt sich vor den Rasentraktor. «Stopp! Bitte schalten Sie den Mäher ab», ordnete er an und zeigt dem erstaunten Platzwart seinen Dienstausweis.

Nachdem Kriminalhauptkommissar Kleinemeier dem Platzwart, der sich als Herr Günther vorstellt, sein Anliegen vorgetragen hat, berichtet dieser, dass er hier täglich um die gleiche Uhrzeit mäht. Björn von Klippersdorf, den er persönlich kannte, hat er am Tattag nicht gesehen.

Später am achten Loch war ihm ein weißer Lieferwagen aufgefallen, der auffällig langsam am Golfressort vorbeifuhr.

Marke oder Kennzeichen des Fahrzeuges kann er nicht beschreiben. Heino bedankt sich und geht zurück zur Bank.

«Nichts, außer einem weißen Lieferwagen, der langsam vorbeigefahren ist.» Vivian nickt verstehend, schweigsam warten sie weiter.

Später sehen sie eine ältere Dame, die am Golfpark entlang spaziert. Petra Beutelchen ist 59 Jahre alt und geht hier täglich mit ihrem Hund die Runde. Am Tattag hat sie den Wagen von Björn von Klippersdorf gesehen, den Golfspieler bekam sie nicht zu Gesicht.

Sie kann jedoch was zu dem Lieferwagen sagen, der ihr durch seine langsame Fahrt aufgefallen war.

«Es war ein VW Crafter, Weiß, ohne Fenster, das Kennzeichen beginnt mit CLP-W dann, glaube ich eine 2 und weitere Zahlen, an die ich mich wirklich nicht erinnern kann. Cloppenburg weiß ich, weil wir dort vor Kurzem in Urlaub waren», berichtet sie den Kommissaren.

Diese bedankten sich, nachdem sie die persönlichen Daten der Dame aufgenommen haben, und schreiten zurück zur Bank. Es passierte nichts mehr, sie entschließen sich, zurück zur Dienststelle zu fahren, um zu sehen, was die Kollegen herausgefunden haben.

*

Jana von Klippersdorf ist in tiefer Trauer dabei die Beisetzung für ihren verstorbenen Gatten zu organisieren. Immer wieder setzt sie sich hin, um sich auszuheulen, das war schon den ganzen Morgen so. Ihre Hauswirtschafterin weiß sich nicht zu helfen und ruft den Hausarzt. Erst nachdem dieser mit Jana gesprochen und ihr ein paar Medikamente zur Beruhigung verabreicht hat, wird es besser, die Heulanfälle werden weniger und sind nicht mehr so ausgeprägt.

Am Nachmittag hat sich die Kriminalpolizei gemeldet und ihr Kommen angekündigt. Jana macht sich frisch und bittet ihre Hauswirtschafterin Kaffee, vorzubereiten. Minuten später fahren die Kriminalen die Auffahrt zum Anwesen hinauf.

Jana von Klippersdorf begrüßt die Beamte und bittet sie ins Haus.

«Darf ich Ihnen Kaffee anbieten?», fragt sie, während die Polizisten den angebotenen Platz einnehmen.

«Ja gern», Kriminalhauptkommissar Heino Kleinemeier nimmt das Angebot gerne an.

Jana gibt der Hauswirtschafterin, die an der Tür auf die Order gewartet hatte, eine kurze Anweisung und wendet sich den drei Beamten zu.

Außer dem Hauptkommissar sind da die Oberkommissarin Vivian Steffens und ein Kommissar Merkens, der keinen so gepflegten Eindruck macht, wie seine beiden Kollegen, die wie aus dem Ei gepellt vor Jana von Klippersdorf sitzen.

Jana schaut Vivian Steffens fragend an: «Was kann ich für Sie tun? Ich werde alles unterstützen, was den Tod an meinen Ehemann aufklären kann», betont sie und lehnt sich in ihrem Designersessel, einem braunen Le Corbusier LC2 wie Heino mit Kennerblick erkennt, zurück.

Sieht traurig aus und verweint, denkt Vivian und stellt ihre Fragen.

Jörg Merkens macht sich derweil im Büro des Opfers auf die Suche nach möglichen Motiven. Heino Kleinemeier beobachtet Jana von Klippersdorf während sie die Fragen, die

Vivian ihr stellt, beantwortet. Er will sich ein Bild von der Frau machen, kann sie nicht richtig einschätzen.

«Björn hat hier, aber auch im Stadeum in Stade, oft Seminare veranstaltet, Weiterbildungen für Investmentmanager. In Wirklichkeit hat Björn denen für gutes Geld die Tricks des unauffälligen Investmentbetruges nähergebracht. Auf gut Deutsch, er hat ihnen beigebracht, wie man unaufdringlich Investoren abzockt.»
Jana von Klippersdorf macht keinen Hehl daraus, dass sie die Machenschaften ihres Gatten nicht guthieß.
«Ich habe Björn oft gewarnt, aber er dachte, dass er gegen alles gefeit sei. Hat ja bisher jeden Prozess, der sich versus sein Geschäftsgebaren richtete, gewonnen oder abgewehrt», berichtet sie, «Sie müssen wissen, da ist sehr viel Schwarzgeld im Spiel bei diesen Risikoinvestments, da streitet man nicht vor Gericht, da regelt man das eigenhändig, wenn Sie verstehen, was ich meine.»
Frau von Klippersdorf geht davon aus, dass der Mord ein Racheakt eines geprellten Investors war.
Kriminalhauptkommissar Kleinemeier steht auf, er hat alles gehört, was er braucht.
«Eine Sache noch. Wir benötigen alle Geschäftsunterlagen ihres Ehemannes?»
«Ja, ja, kein Problem, nehmen Sie mit was Sie brauchen», sagt Jana von Klippersdorf und erhebt sich ebenfalls.
«Ich schicke nachher ein paar Beamte, die die Unterlagen abholen», sagt Kleinemeier und das Kripo-Team verabschiedet sich von Jana von Klippersdorf.

Halsabschneider, c 2021 Klaus-Dieter Budde

Kriminalkommissar Jörg Merkens hat sich wieder zu ihnen gesellt, er hat ein paar Festplatten dabei, die er in einem Aktentresor gefunden hat.

In Stade in der Dienststelle begeben sie sich an die Arbeit und werten das Gehörte aus. Sie betreiben Recherchearbeit im beruflichen Umfeld des Opfers, zitieren ehemalige Seminarteilnehmer zu Anhörungen auf die Dienststelle, bitten Investoren soweit bekannt, um eine Aussage zu dem Vorgehen des Opfers bei seinen Geschäftsanbahnungen und die Praktiken des Betrugs.
Nicht jeder ist begeistert, vor allem die Investoren, die den Betrug noch gar nicht wahrgenommen haben.
Die Abteilung Wirtschaftskriminalität wertet die gefundenen Festplatten aus und wird nach kurzer Zeit fündig. Da sind einige Investoren, die bei von Klippersdorf ihr Schwarzgeld untergebracht haben. Einige durchaus mit guten Gewinnen.
Andere Investoren haben ihre komplette Einlage verloren, den Daten nach durch Manipulation, offiziell wurde dieser Schwund mit dem Risiko, die solche Geschäfte innehaben, begründet. Björn von Klippersdorf hat sich den ganzen Zaster, es handelt sich hier um ca. 4 Millionen Euro, unter den Nagel gerissen.
«Motive haben wir genug, müssen nur noch den Täter finden», bringt es am Abend Jörg Merkens auf den Punkt.
«Ja, Zuviel mögliche Kandidaten», sagt Heino und ruft den Staatsanwalt an.
«Morgen früh ist um 09:00 Uhr Briefing im Konferenzzimmer III», teilt er dem Ankläger mit.

Halsabschneider, c 2021 Klaus-Dieter Budde

«Na hoffentlich haben Sie Ergebnisse für mich und stehlen mir nicht die Zeit», raunzt Staatsanwalt Zipperlein in die Sprechmuschel und legt grußlos auf.

«Arsch!», sagt Heino Kleinemeier, nachdem er aufgelegt hat, und wendet sich an sein Team: «Feierabend, morgen ist auch noch ein Tag.»

Schnell machen alle, dass sie fortkommen, bevor da an irgendeiner Stelle ein Telefon klingelt. Hauptkommissar Kleinemeier grinst, wie er das sieht.

«Sie haben es sich verdient», seufzt er und löscht das Licht.

*

In der Nacht kommt über den Fernschreiber eine Nachricht herein die, Licht am Ende des Tunnels verspricht. Vivian Steffens, die Kriminaloberkommissarin hat die Meldung am Morgen zuerst auf dem Tisch. Die Kriminalpolizei Oldenburg meldet, dass sie den Kraftfahrer und Halter des VW Crafter ermittelt haben.

Vivian nimmt Kontakt auf und verabredet am Nachmittag eine gemeinsame Anhörung der beiden in Oldenburg.

Da Kriminalhauptkommissar Kleinemeier die Ergebnisse der Anhörung abwarten will, verschiebt er das Briefing, auf den darauffolgenden Tag. Der Staatsanwalt war darüber nicht amüsiert, trägt die Entscheidung aber mit, wie er dem Kriminalen mitteilt.

Heino Kleinemeier schüttelt den Kopf und legt den Telefonhörer zurück.

«Dieser Staatsanwalt Zipperlein macht mich mit seinen Anmerkungen noch fertig!», sagt er zu Vivian Steffens.

Die beiden befinden sich auf den Weg nach Oldenburg.

Halsabschneider, c 2021 Klaus-Dieter Budde

Kapitel 3

Elfriede Merkensmayer ist mit ihrem Rappen Casanova unterwegs in der Feldmark rund ums Frankenmoor nahe Ohrensen. Sie ist heute früh ausgeritten, das Wetter ist herrlich, die Sonne lässt erste Insektenschwärme in den Wiesen aufsteigen, ein Graureiher lauert an einem fernen Tümpel auf Beute, Elfriede treibt den Rappen an. Nach einer kurzen Galoppade reitet sie im Schritt weiter. Sie reitet gern im Galopp, in ihrem Alter ist es ungeheuer Kraft raubend den Rappen sicher, durchs Gelände zu jagen.
An einer Schutzhütte bei einem Weiher macht sie eine Pause. Die Beine weit von sich gestreckt, die Spitzen der neuen Reitstiefel betrachtend, sitzt sie auf einer Bank und erholt sich von dem temporeichen Ritt. Am Ufer des Weihers beobachtet sie eine Hauskatze, die sich in der Mäusejagd versucht. Hin und wieder springt sie mit hochgebogenem Rücken in die Luft, um die angepeilte Maus zu fangen, vergeblich die Mäuschen sind zu flink.

«Moin, moin», hört sie eine raue Stimme und schreckt auf. Vor ihr steht ein Rotschopf mittleren Alters.
«Ist hier ein kleinwenig Platz für einen Wandersmann?», fragt der Fremde.
«Oh, Entschuldigung», sagt Elfriede und macht ein bisschen Platz auf der Bank.
«Schön hier!», bemerkt der Fremde und grinst sie unverschämt an. Er nestelt in seinem Rucksack herum und fragt: «Elfriede Merkensmayer?»
«Ja die bin ich, woher kennen wir uns?», fragt Elfriede nach.

Statt einer Antwort fingert der Wanderer ein weißes Tuch aus dem Rucksack und träufelt Flüssigkeit aus einer Glaspiole darauf.

Bevor Elfriede, der das suspekt vorkommt, eine Idee hat, was das darstellt, ist es zu spät. Der Fremde drückt ihr das weiße Tuch blitzschnell über Mund und Nase. Elfriede wehrt sich mit Leibeskräften, es hilft ihr nicht, zeitnah verliert sie das Bewusstsein.

Das hatte Adelhard sich unkomplizierter vorgestellt, die Dame hat sich in der Tat kräftig gewehrt. Außer ein paar kleineren Blessuren hat er aber nichts abbekommen.

Adelhard fesselt die Dame und zieht ihr einen schwarzen Leinenbeutel über den Kopf. Er schultert die angejahrte Lady und bringt sie zu seinem Camper, der in unmittelbarer Nähe in einem Viehunterstand versteckt steht. Wie er die Dame sicher in einer sargähnlichen Kiste verpackt hat, eilt er zurück und kümmert sich um den aufgeregten Rappen, der an einer Infotafel angebunden ist.

Adelhard spricht beruhigend auf das aufgeregte Pferd ein und bindet es los. Er gibt dem Gaul einen kräftigen Klaps auf die Kruppe und der Rappe galoppiert unter einem kräftigen Wiehern davon.

Adelhard hastet zügig zu seinem Camper und fährt in Richtung Frankenmoor / Wedel davon. Lange hat er Elfriede Merkensmayer observiert und ihre Gewohnheiten studiert. Die Schutzhütte war der einzige Ort, an dem er Zugriff auf die Bankerin hat, ohne mit dem Gaul in Kontakt zu kommen. Das war wahrlich ein Wagnis, da hier oft Reiter und Wanderer sowie die Fraktion der Gassi gehenden Hundehalter unterwegs sind.

Heute hatte er Glück, keine Menschenseele war im Nahbereich. Ein prima Start in den Tag, findet Adelhard und fährt an die Elbe. Nachdem er am Lühe-Anleger ein pappiges Fischbrötchen gegessen und einen Kaffee getrunken hat. Fährt er nach Ottenbeck, um seinem Job nachzukommen.

*

Kriminalhauptkommissar Heino Kleinemeier lenkt den Dienstwagen auf den Parkplatz der Polizeidirektion Oldenburg. «Theodor-Tantzen-Platz 8, Sie haben ihr Ziel erreicht!», tönt es aus dem Navigationsgerät.

Heino stellt das Navi aus. Gemeinsam mit Vivian betritt er das Hauptgebäude. Nach der Anmeldung holt sie ein Beamter der Oldenburger Polizei im Foyer ab.

Die Befragung der beiden Verdächtigen findet im Beisein des Leiters des Kommissariats statt.

Der Halter des Fahrzeuges ist erstaunt, dass man seinen Crafter in Deinste gesehen hat, sein Kraftfahrer hatte an dem besagten Tag einen anderen Fahrauftrag, was der Halter durch Vorlage von Unterlagen beweisen kann.

Der Fahrer, ein argloser Kerl mit Migrationshintergrund, der seine deutsche Staatsangehörigkeit seit Längerem besitzt, verstrickt sich rasch in Widersprüche.

Erst nachdem Kriminaloberkommissarin Vivian Steffens ihm klarmacht, dass er des Mordes an von Klippersdorf verdächtigt wird, rückt er mit der Wahrheit heraus. Er hat seiner Cousine bei einem Umzug im Landkreis Stade mit dem Firmenwagen unterstützt. Den Fahrauftrag hat er erst spät am Abend nachträglich erledigt.

60

«Von wo nach wo ist Ihre Cousine denn umgezogen?», hakt Vivian nach.

Der Fahrer erklärt, dass der Umzug zwischen, Auf dem Hagel und Loher Weg, in Deinste stattfand.

Die langsame Fahrt erklärt er damit, dass sein Schwager hinten im Laderaum stand, um dort die Spiegeltür vom Schlafzimmerschrank festzuhalten.

«Da ist überall Kopfsteinpflaster, da muss ich Schritttempo fahren», rechtfertigt er sich.

Vivian kann ihre Enttäuschung nicht verbergen, notiert aber die Daten der Cousine, um die Angaben, die durchaus glaubwürdig erscheinen zu überprüfen. Sie entlassen die beiden, bedanken sich bei den Oldenburger Kollegen für die Unterstützung und machen sich auf den Heimweg.

«Das war ja nichts!», flucht Vivian, wie sie im Wagen sitzen.

«Ärgere Dich nicht, wir machen weiter unsere Arbeit und du wirst sehen, durch irgendeinen Fehler den der Täter gemacht hat, ermitteln wir ihn und sperren ihn weg!», beruhigt Heino Kleinemeier seine enttäuschte Kollegin.

«Dein Wort in Gottes Gehörgang», antwortet Vivian und schmollt.

Während sie den Verkehr beobachtet, denkt sie darüber nach, was sie bisher alles in Erfahrung gebracht haben, das ist eine Menge, jedoch nichts greifbares, das ihnen weiterhilft.

Wieder in Stade stürzten sie sich in die Arbeit, sie werten die Aussagen der Anhörungen von den Investoren aus.

Sie teilen die Verdächtigen in Gruppen auf, um Schwerpunkte in der weiteren Recherche zu bilden.

Am Ende bleiben drei deutlich verdächtige Geldgeber in ihrem

Halsabschneider, c 2021 Klaus-Dieter Budde

Raster hängen, diese bestellen sie für die nächsten Tage zu einer umfangreicheren Anhörung ein.

«Wir müssen denen Druck machen!», Kriminalkommissar Jörg Merkens, spricht aus, was die Kollegen denken.
«Zwei Berufsgenossen von der Wirtschaftskriminalität unterstützen uns mit ihrem Fachwissen dabei.» Heino Kleinemeier hat sich um die Unterstützung bemüht und sich gegen den Widerstand des Staatsanwaltes durchgesetzt.
«Wir haben nichts gegen diese Herren in der Hand, außer ihre illegalen Finanzgeschäfte. Vielleicht sollen wir vorab das Umfeld dieser Herren durchleuchten», schlägt Vivian vor und schaut dabei Jörg Merkens an.
«Ich weiß von nichts.» Heino Kleinemeier grinst und verschwindet in sein Dienstzimmer.
«Du meinst, ich soll da schauen, ob es Kontakte zum Milieu gibt?», fragt Jörg nach.
«Wenn es Möglichkeiten gibt, sollten wir sie Nutzen», sagt Vivian Steffens.
«Ok, ich mach's, aber halt mir diesen Gunnar Zipperlein vom Hals, den kann ich dabei nicht gebrauchen», antwortet Jörg und verschwindet in sein Dienstzimmer.
«Na klar, ich mach heute den Abwasch!», schimpft Vivian und macht sich daran den Pausenraum aufzuräumen und das Kaffeegeschirr zu spülen.

*

Karl-Friederich von Boyson, ein versierter Investmentbanker ist mit seinen beiden Kindern im, alten Land unterwegs, dort ist eine stattliche Immobilie angeboten, die sie sich anschauen.

Halsabschneider, c 2021 Klaus-Dieter Budde

Karl-Friederich will die Immobilie nicht für sich behalten, sieht sie eher als Investitionsobjekt, um frei gewordene Gelder sinnvoll unterzubringen.

Ann-Kathrin seine Tochter, steht kurz vor dem Abschluss ihres Studiums der Wirtschaftswissenschaften, welches sie in den Staaten absolviert. Sie ist heute dabei, um die praktische Seite des Immobiliengeschäfts kennenzulernen. Ihr älterer Bruder Friedrich ist da bereits weiter, er ist ein ausgebuffter Fuchs am Immobilienmarkt, wie sein Vater sagt.

Zu dritt schauen sie sich die Immobilie an und diskutieren untereinander den Wert des Objektes.

Karl-Friederich von Boysen ist stolz auf seine Kinder. Ja er hat es geschafft, mit seinen 54 Jahren bringt er es zu einem beträchtlichen Immobilienbesitz und betreibt neben seinem Job als Investmentbanker eine Schulungseinrichtung, die sich mit dem Thema Controlling befasst. Einzige Bekümmernis ist, dass er von seiner Ehefrau getrennt lebt. Sie begehren beide keine Scheidung und versuchen über eine vereinbarte Auszeit von zwei Jahren, ihre Beziehung zu stabilisieren.

In frühen Jahren hat Karl-Friederich von Boysen sich mit nicht ganz legalen Mitteln Immobilienbesitz erschlichen, die Sache ist nicht aufgefallen, weil die Geschädigten, eine junge Familie, in den Suizid ging. Die Geschichte stand in jener Zeit breit in den Zeitungen, da die Eltern ihre Kinder mit in den Tod nahmen. Eine Untersuchung durch einen Staatsanwalt, der Karl-Friedrichs Familie nahestand, ergab, kein Fehlverhalten beim Erwerb der Immobilie.

Die Presse beruhigte sich wieder und die Geschichte geriet in Vergessenheit. Seitdem gibt es bei von Boysen nur noch legale Geschäfte.

«Karl, lass uns das Objekt kaufen, ich denke, 10-15 Prozent sind da noch drin», sagt seine Tochter und beginnt mit dem Immobilienmakler zu verhandeln.

Letztlich einigen sie sich bei 11,5 Prozent, die sie von dem ausgelobten Kaufpreis heruntergehandelt hat. Zufrieden fahren sie mit ihren Wagen nach Stade, um den Erwerb der Immobilie zu feiern.

*

Adelhard ist mit dem Camper in seinen Carport gefahren und dabei, sein Opfer samt Kiste, mit einer Sackkarre in den Bunker zu transportieren. Wie er das erledigt hat, fährt er zum Harschenflether Weg und stellt den Camper wieder unter. Auf dem Rückweg, mit dem Fahrrad, kehrt er bei einer Fastfood-Bude ein und gönnt sich einen Burger mit Pommes und eine Coca-Cola Light. Gesättigt fährt er nachhause und macht sich an die Arbeit, er hat viel zu tun.

Wie er den Keller betritt, hört er das Klopfen in der sargähnlichen Kiste. Er öffnet den Deckel und sieht in das zu Tode erschreckte Gesicht von Elfriede Merkensmayer.

Adelhard löst die Fesselung.

«Ruhig, ganz ruhig», beschwichtigt er und zieht eine Spritze auf.

Er will Elfriede sedieren, damit sie ihm nicht so viel Umstände macht. Elfriede liegt wie erstarrt in der Kiste, kann sich aufgrund ihrer Angst nicht bewegen.

Schockstarre, denkt Adelhard und setzt die Nadel, nachdem er den Blutfluss gestaut hat, an der Unterarmvene an. Er blickt dabei in die panischen Augen der Frau. Es ist ihm egal, was diese von ihm denkt, er hat hier einen Job zu Ende zu bringen,

Halsabschneider, c 2021 Klaus-Dieter Budde

da kann ihn die Angst und das Gewimmer der Dame nicht beeindrucken. Bei Björn von Klippersdorf improvisierte er noch, nun kann er nach den Regeln der Schächtkunst vorgehen, wie er das geplant hat. Zwar ist der Körper des von Klippersdorf ausgeblutet und somit alles Unreine und Schlechte aus dem Leib entschwunden, aber halt unkontrolliert.

Beim regelgerechten Schächten hat er die Kontrolle von Anfang bis zum Ende.

Adelhard hilft der stark sedierten Elfriede Merkensmayer aus der Kiste und bugsiert sie auf den Seziertisch. Elfriede ist so stark sediert, dass sie das alles mit sich geschehen lässt, sie denkt immer noch, dass alles gut ausgehen wird. Da hat sie sich getäuscht.

Adelhard entkleidet sein Opfer und positioniert sie so, dass sie bäuchlings auf dem Seziertisch zum Liegen kommt, er zieht Elfriede soweit vor, bis die Schultern mit der Tischkante abschließen. Der Kopf der Dame wird mit einem speziell angefertigten Gurtwerk gehalten. In dieser Position befestigt Adelhard den Körper der Frau mit vorbereiteten Gurten am Seziertisch. Eine voluminöse Auffangwanne stellt er auf den Boden ans Kopfende des Tisches. Elfriede Merkensmayer bekommt erneut eine Infusion, es handelt sich um ein Mittel, welches sie aus der Ruhigstellung zurückholt.

Adelhard setzt sich auf eine Bank aus Edelstahl und schenkt sich einen Tee aus seiner Thermoskanne ein, während er darauf wartet, dass sein Opfer wieder klar wird, trinkt er mit Genuss seinen Ostfriesentee. Er ist gut vorbereitet, hat das Schächten bis ins Detail im Kopf.

Halsabschneider, c 2021 Klaus-Dieter Budde

Schächten, ist rituelles Töten. Das Opfer wird mit einem speziellen Schächt-Messer mit einem schnellen Schnitt quer durch die Halsvorderseite, in dessen Folge die Halsschlagader durchtrennt wird, getötet. Ziel ist das möglichst rückstandslose Ausbluten des Opfers. Damit verlässt alles Schlechte des Menschen den Körper und er verbüßt damit seine verdiente Strafe. Erst dann ist der Tod seiner Opfer gesühnt. Adelhard glaubt fest daran, er hat dieses Ritual in einem alten Buch seines Großvaters gelesen und für sich übernommen.

Wie Elfriede Merkensmayer wieder klar bei Verstand ist, erklärt Adelhard ihr in Form einer Art Anklageschrift, warum sie hier ist und was sie erwartet.
«Das können Sie nicht machen, Sie sind ja verrückt!», fleht die Dame.
Elfriede merkt, dass es ihre letzte Stunde ist und der Täter, der sich ihr als Adelhard Meents vorgestellt hat, es ernst meint mit seiner so genannten Anklage.
«Sind Sie soweit, nehmen Sie das Urteil an?», Adelhard behält bis zum Schluss den Überblick bei seinem tun.
Er nimmt das Schächtmesser, mit dem er Björn von Klippersdorf getötet hat, und setzt es am Hals seines Opfers an. Elfriede Merkensmayer versucht, was zu sagen, aber es kommt nur noch ein gutturaler Laut zustande, da Adelhard in diesem Moment einen schnellen tiefen Schnitt ausführt.
Mit der Linken hält er den Kopf hoch und lässt, den Körper ausbluten.
Zwanzig Minuten später trennt er das Haupt vom Rumpf des Opfers und präpariert und säubert den Kopf wie zuvor bei von

Klippersdorf. Der aufbereitete Kopf kommt frisch frisiert ebenfalls in eines der mit Formalin gefüllten Kugelgläser und wird neben Björn von Klippersdorf ins Kühlregal gestellt.

Er wäscht den Körper der geschächteten mit einer Desinfektionslösung ab und steckt ihn in einen Leichensack. Nachdem der Bunker wieder gereinigt, das Blut entsorgt und die Instrumente desinfiziert sind, verlässt Adelhard mit der Toten den Keller und verbringt sie in seinen Transporter. Er eilt in seine Wohnung und stellt sich unter die Dusche. Adelhard fühlt sich gut, er hat es so gemacht, wie er es geplant hatte, er ist mit sich im Reinen.

Am späten Abend legt er die Tote am westlichen Ende der Start und Landebahn des Stader Flughafens im hohen Gras ab. Adelhard ist von der Harsefelder Straße aus von hinten an den Flugplatz herangefahren. Auf dem Rückweg bleibt er einmal abrupt stehen, denn der II. Zug der Stader Feuerwehr fährt soeben in den Einsatz und hätte ihn fast gesehen. *Das ist nochmal gut gegangen*, denkt er und sieht zu, dass er zurück nach Ottenbeck kommt.

Adelhard ist noch so voll Adrenalin, das er sich kurzfristig entschließt, mit dem Rad in die Stadt zu fahren, um einen schönen Abend in einem guten Lokal zu verbringen.

*

Jana von Klippersdorf fällt zuhause die Decke auf den Kopf, kurzentschlossen ruft sie ihre Freundin in Stade an und sie verabreden sich auf einen Drink im Fuerkiek, in Stade am alten Hafen. Jana kleidet sich der Trauer entsprechend dezent modern, legt nur geringfügig Make-up auf, gerade so viel, um die Traurigkeit zu verbergen.

Jana hat bewusst Stade gewählt, um nicht auf Bekannte zu treffen. Ihr Revier ist normalerweise Buxtehude oder Hamburg. Silke, ihre Freundin begrüßt sie verhalten, es ist offensichtlich, dass sie nicht weiß, wie sie sich ihr gegenüber verhalten soll.

«Silke, wir sind Freundinnen und ja ich bin traurig, und ja ich möchte heute ausgehen.» Silke tritt wortlos an Jana heran und umarmt sie herzlich.

«Ok, dann los», sagt ihre Freundin und schiebt sie ins Lokal. Sie haben einiges zu erzählen, Silke will alles wissen. Ein Schoppen Wein folgt dem anderen, langsam entspannt sich Jana von Klippersdorf.

Spät am Abend wechseln sie in den Korken und essen eine Kleinigkeit. Am Nachbartisch sitzt ein fescher Kerl, er fällt durch seine kupferroten Haare auf, ist sehr gepflegt und hat, wie Jana beobachtet, gute Manieren. Silke stößt Jana an, sie hat bemerkt, dass ihre Freundin mit dem Herrn am Nachbartisch still und heimlich flirtet.

«Jana, lass uns gehen!», drängt sie ihre Freundin.

Jana, die angetrunken ist, schaut sie an: «Wieso wird doch gerade spannend», flüstert sie.

Dennoch bezahlen beide ihre Zeche und brechen auf, Silke hakt Jana unter und gemeinsam verlassen sie lachend das Lokal. Silke bringt Jana zum Taxistand und wartet, bis sie abgefahren ist.

Das war ein schöner Abend, denkt Silke und macht sich auf den Weg nachhause. *Komisch der Gatte ist noch nicht unter der Erde und Jana flirtet wieder,* mit dem Gedanken schläft sie spät in der Nacht ein.

*

Halsabschneider, c 2021 Klaus-Dieter Budde

Am nächsten Morgen um 05:00 Uhr Ortszeit ist eine
Beechcraft Baron G58 im Landeanflug auf den Stader Airport,
der Pilot ist hier schon oft gelandet und kennt sich aus. Er
kommt aus Rostock und möchte einen alten Fliegerkameraden
in Stade treffen. Im Anflug auf die Landebahn bemerkt er
einen nackten Körper im hohen Gras vor der Piste. Zuerst
glaubt er, dass dort ein Pärchen Sex miteinander hat. Er startet
durch und überfliegt neugierig geworden nach einer
Platzrunde die Stelle noch einmal. Nichts, Null Bewegung bei
der Person, da stimmt was nicht.
Er landet die Beechcraft und informiert mit seinem iPhone die
Polizei. Er ist stark angefasst und traut sich nicht auszusteigen.
Mit laufenden Triebwerken bleibt er im Bereich des Hangars
stehen, bis die Polizei kommt, erst dann schaltet er die
Triebwerke aus.

*

Das Telefon klingelt geraume Zeit, als Heino Kleinemeier es
bemerkt.
«Kleinemeier», meldet er sich verschlafen.
«Hier ist Vivian, wir haben einen Leichenfund auf dem
Flugplatz in Ottenbeck. Ich bin schon unterwegs und warte
dort auf euch. Spurensicherung ist benachrichtigt. Ach ja und
schönes Wochenende.»
Vivian legt auf und lenkt ihren Wagen auf die Ortsumgehung.
«So ein Mist, wieder ein Wochenende im Eimer, da kann ich
meine HSV-Karten gleich in die Tonne hauen», schimpft
Hauptkommissar Kleinemeier und schlüpft in seine Designer
Jeans. Im Bad macht er sich ruck, zuck frisch, gelt seine Haare
und verlässt 10 Minuten später das Haus.

Beim Bäcker nebenan holt er sich flink einen Kaffee und fährt über die Harburger Straße nach Ottenbeck.

Vivian Steffens war soeben ausgestiegen und hat sich, mit der Hilfe eines Streifenbeamten, der den Airport sichert, orientiert, als Heino Kleinemeier vorfährt. Gemeinsam eilen sie die Start- und Landebahn hinunter, um an den Fundort der Leiche zu kommen. Überall wuseln die Mitarbeiter der Spurensicherung herum, die sämtliche vorhandenen Spuren sichern.
«Und haben Sie schon was?», fragt Vivian bei der Rechtsmedizinerin nach.
Dr. Grit Birkenfels schaut auf.
«Nichts, keine Spuren! Der Leichnam ist klinisch rein. Wie Ihr seht, ist das Opfer kopflos. Es handelt sich um eine weibliche Leiche um die sechzig Jahre alt. Alles andere später.»
Die Rechtsmedizinerin dreht sich um und bemüht sich weiter um den Körper der Toten.
«Hast du keine vage Todeszeit?», hakt Kriminalhauptkommissar Kleinemeier nach.
«Durchaus, so zwischen 12:00 und 16:00 Uhr am gestrigen Tag, genaueres Morgen im Briefing», sagt Dr. Birkenfels.
«Ok, Danke für die Information.»

Die beiden Kriminalen wenden sich ab und eilen zurück zum Hangar, wo der Pilot, der die Tote gefunden hat, auf sie wartet. In der Zwischenzeit sind fortdauernd mehr Menschen im Bereich des Hangars zu sehen. Der Samstag ist hier einer der Tage, wo am meisten Flugbetrieb herrscht und heute ist bestes Flugwetter.

Halsabschneider, c 2021 Klaus-Dieter Budde

Kriminalhauptkommissar Kleinemeier und Kriminaloberkommissarin Vivian Steffens begrüßen den Piloten jovial und lassen sich das Auffinden der Toten schildern. Ein Mitglied des Luftsportvereins Günther Groenhoff e. V. Stade öffnet das Beechcafé und bietet den Kriminalen und ihrem Zeugen Kaffee an, welchen diese gerne annehmen.

Es ist ein nettes behagliches Café, welches die Mitglieder erst vor Kurzem in Eigenleistung gebaut haben. Der Beechcraft Pilot berichtet den Beamten, dass er zur Eröffnung mit, einigen anderen Beechcraft-Liebhabern extra hergeflogen war. Nachdem alles aufgenommen ist, bittet Vivian den Piloten, am Nachmittag im Präsidium in der Teichstraße vorbeizuschauen, um das Protokoll zu unterschreiben. Was er gerne zusagt. Kriminalhauptkommissar Kleinemeier und seine Kollegin verabschieden sich und begeben sich auf den Weg in die Dienststelle.

In ihrem Büro sitzt der Staatsanwalt Gunnar Zipperlein und erwartet ihren vorläufigen Bericht, wie er es formuliert. Kriminalhauptkommissar Kleinemeier schildert dem Staatsanwalt den Stand der Ermittlungen und bittet um personelle Unterstützung für sein Team.

«Ja, da habe ich ebenfalls drüber nachgedacht», sagt Zipperlein, «ich habe mit Hannover telefoniert, es sieht so aus das wir eine Sonderkommission einrichten, mit allem Pipapo, das ist höchstwahrscheinlich in Ihrem Interesse.»

«Ja klar da konzentriert man sich auf diese eine Sache und das Tagesgeschäft kommt nicht dazwischen. Das wäre dufte», Heino Kleinemeier strahlt.

«Wer leitet die Sonderkommission?», fragt Vivian den Staatsanwalt.

«Ich habe Herrn Kleinemeier vorgeschlagen, kompetent und zielorientiert. Hannover hat das abgenickt, also legen Sie los. In 24 Stunden muss ich wissen was Sie zur Unterstützung brauchen», sagt Zipperlein und verlässt grußlos das Büro.

«Da wollen wir mal», Heino reibt sich die Hände, «Zuerst brauchen wir eine Räumlichkeit, da kümmere ich mich drum. Vivian, wenn du bitte das benötigte Equipment zusammenstellst, geh dabei von acht Arbeitsplätzen aus.» Ordnet er an und macht sich auf die Suche nach dem passenden Ort für seine Sonderkommission.

*

Dr. Grit Birkenfels die Rechtsmedizinerin und ihr Team, haben den Körper der Toten vor sich auf dem Seziertisch liegen. Die erste Leichenschau vor Ort hat Spärliches hervorgebracht. Sie ist dabei, die Obduktion vorzubereiten. Obduktionen werden bei nicht natürlichen Toden oder unbekannter Identität der Leiche durchgeführt. Dr. Birkenfels öffnet Bauch- und Brusthöhle der Toten. Sie untersucht die Organe einzeln auf Verletzungen und / oder pathologische Veränderungen. Sie entnimmt Proben aus verschiedenen Organen für die histologischen Untersuchungen. Nach Beendigung der Obduktion legt die Rechtsmedizinerin die Organe in den Körper zurück und schließt den Körper wieder. Das Obduzieren der Leiche ist bedeutsam, um die Todesursache sowie die Todeszeit festzustellen, auch um die Kausalkette zu rekonstruieren, die zum Tod führte. Eine traumatologische Untersuchung entfällt, da durch die

Enthauptung des Opfers, die Todesart feststeht. Bei der Bestimmung des genauen Tötungszeitpunktes, der in diesem Fall der mutmaßliche Tatzeitpunkt ist, schaut Dr. Birkenfels, da sich die Leiche in einer frühen postmortalen Phase befindet, unter anderem wie ausgeprägt die, Leichenflecken sind und in wieweit sich die Totenstarre gelöst hat. Im weiteren Verlauf, ob die Muskeln sich mechanisch wie elektrisch erregen lassen und wie abgekühlt die Leiche ist. Blutspuren oder eine mögliche Fremd-DNA sowie Fremdblut konnte sie ausschließen, da das Opfer klinisch gereinigt wurde. Der Täter hat sein Opfer nach dem Mord mit einer Desinfektionslösung gewaschen und abgelegt. Einzig ein paar Plastikpartikel sichert die Rechtsmedizinerin. Sie vermutet, dass diese von einem Plastiksack stammen, in der der Täter das Opfer an den Ablageort transportierte. Hier wartet sie weitere Untersuchungen ab, die sie extern an ein Labor abgegeben hat.

Kurz bevor Dr. Birkenfels die Obduktion beendet, kommt das Ergebnis der Printanalyse via E-Mail von den Ermittlern der Spurensicherung. Das Opfer hat nun einen Namen, Elfriede Merkensmayer heißt die Tote. Frau Doktor ergänzt in den Unterlagen den Namen und schreibt ihren Bericht.

Erst spät nach Mitternacht verlässt sie mit ihrem Team die Räume der Rechtsmedizin.

*

Am gleichen Vormittag, Jule Rebew reitet mit ihrem Wallach Belmondo aus. Sie hat sich Proviant in die Satteltasche gepackt, denn es soll heute, an ihrem freien Tag, ein längerer Ritt werden. Belmondo ist nach langer Rekonvaleszents wieder fit und steht gut im Futter. Sie treibt Belmondo vom Reiterhof bei Lusthoop, auf dem sie eine Box angemietet hat, und reitet schnurstracks ins Frankenmoor, welches unmittelbar an den Reiterhof angrenzt. Das Wetter ist schön, die Sonne wärmt schon etwas, Jule Rebew entledigt sich im Verlauf des Rittes ihrer wattierten Reitweste und genießt den Beginn des Tages. Diese Ruhe in der Natur ist ein schöner Ausgleich zu ihrem nicht immer stressfreien Job.

Wie sie nach einer kurzen Pause, für Pferd und Reiter, wieder aufsitzt, bemerkt sie in der Nähe einen schwarzen Rappen, der fertig gesattelt in einer Weide im Moor steht.

Jule Rebew reitet zu dem Rappen hin und versucht von ihrem Pferd aus, die Zügel des Schwarzen aufzunehmen. Schnaufend und prustend schreckt der Rappe zurück, er scheint verängstigt zu sein. Jule Rebew steigt vom Pferd und versucht es mit gutem Zureden und einer unbändigen Geduld, denn der Rappe scheut immerfort zurück. Zu guter Letzt, nach gefühlt einer Stunde und unter Ausnutzung der gesamten Weidefläche, gelingt es ihr, die Zügel zu fassen.

Beruhigend auf den Rappen einredend schreitet sie mit ihm zu ihrem Pferd und sitzt wieder auf. Mit beiden Pferden reitet sie die Gegend ab, um den fehlenden Reiter aufzuspüren. Unter Umständen ist er abgeworfen worden und sucht sein Pferd. Ihre Suche bleibt ohne Erfolg. Sie telefoniert mit ihrem Reiterhof und schildert die Umstände, gemeinsam wollen ihre Reitfreunde mit ihr die Gegend absuchen.

Jule Rebew bringt den Rappen, nachdem sie in abgesattelt hat auf eine Koppel am Reiterhof. Der Rappe ist auf ihrem Reiterhof nicht bekannt. Im Anschluss startet sie gemeinsam mit ihren Reitfreunden die Suche nach dem verlorenen Reiter. Am späten Nachmittag kommt ihnen eine andere

Halsabschneider, c 2021 Klaus-Dieter Budde

Reitergruppe entgegen, diese sind nach eigenem Bekunden vom Reiterhof in Ohrensen und suchen eine vermisste Reiterin.

«Hat Sie einen Rappen mit einem Passier-Dressursattel-Optimum, mit einem Marley-Zaum?», fragt Jule Rebew die Gruppe.

Sie hat sich den Sattel und das Zaumzeug gemerkt, da es hochwertiges Geschirr war.

«Ja das ist der Rappe!», ruft einer der Reiter aus der anderen Gruppe.

Gemeinsam suchen sie nach der Reiterin, wie es dämmert, geben sie die Suche auf. Die Ohrensen-Gruppe führt, den Rappen mit in seinen angestammten Stall und verspricht die fehlende Reiterin der Polizei zu melden.

Halsabschneider, c 2021 Klaus-Dieter Budde

Kapitel 4

Adelhard Meents ist früh aufgestanden und ins Freibad nach Stade geradelt. Gutgelaunt schwimmt er seine Bahnen. Er versucht, mindestens einmal die Woche 1000m zu schwimmen und ins Fitnessstudio zu gehen, um seinen Körper in Form zu halten. Wenn er sich frühmorgens im Spiegel betrachtet findet er, dass ihm das bisher gut gelungen ist. Nach dem Schwimmen fährt er nachhause, um zu frühstücken. Beim Frühstück befasst er sich mit dem Exposee seines nächsten Opfers. Einen miesen Immobiliengauner wie er feststellt.

Dieser Herr hat eine ganze Familie auf dem Gewissen und hat ferner die Dreistigkeit das Ganze, durch einen Freund bei der Staatsanwaltschaft, zu vertuschen. Beim Lesen des Exposees kommt ihm eine Idee, je mehr er darüber nachdenkt, desto besser freundet er sich mit ihr an. Adelhard plant den schrecklichen Cop.

«Das wird ein Spaß!», ruft er aus und klopft sich auf die Oberschenkel.

Sofort begibt er sich an die Vorbereitungen, denn für diesen Cop muss er zwingend seinen Bunker umbauen. Gegen Mittag fährt er zu einem Metallbaubetrieb in Schwiederstorf, und lässt sich dort anhand einer selbstgefertigten Skizze ein Stahlgitter mit Zugangstür bauen.

Halsabschneider, c 2021 Klaus-Dieter Budde

«Das Ganze wird exakt nach diesen Maßen gebaut, sonst bekomme ich es nicht in meinen Garten», weist er nochmal auf die Dreiteiligkeit des Gitters hin, er muss das Gitter ja in den Bunker bekommen.

Eine Woche Bauzeit nimmt er in Kauf, das ist zwar Bitter jedoch unumgänglich. Adelhard nimmt sich vor, die Zeit zu nutzen, er hat da was Weibliches im Sinn. Am Abend zuvor hat er eine hübsche Frau in der Stadt getroffen, die ihn deutlich an geflirtet hat. Da will er dranbleiben, mutmaßlich sind da Chancen.

*

Kriminalhauptkommissar Heino Kleinemeier sitzt mit seinem Team bereit, um den Staatsanwalt zu briefen, dieser kommt entgegen seinen normalen Gepflogenheiten heute zu spät. Heino Kleinemeier nutzt die Zeit, um das Einrichten der Sonderkommission zu forcieren. Gegen Mittag rückt Verstärkung aus Hannover und Lüneburg an, hier hat Vivian gut zugearbeitet. Jörg Merkens hält die Fäden der Internet-Recherche zusammen. Er erhält zur Verstärkung einen IT-Fachmann aus Lüneburg an seine Seite. Dr. Grit Birkenfels freut sich über Unterstützung durch einen Forensiker aus der rechtsmedizinischen Abteilung Hannover. Die letzte Nacht hat ihr, ihre Grenzen aufgezeigt.

Halsabschneider, c 2021 Klaus-Dieter Budde

«Moin, moin», grüßt der Staatsanwalt freundlich knapp, wie er eine Stunde nach der vereinbarten Zeit erscheint.
«Kann losgehen, ich habe heute kaum Zeit», sagt er und setzt sich auf den für ihn bereitgestellten Stuhl.
Kriminalhauptkommissar Kleinemeier heißt den Staatsanwalt willkommen und beginnt mit dem Briefing. Beschreibt den Fundort der Toten und die Art der Tötung, da sie noch ganz am Anfang stehen, übergibt er das Wort an die Rechtsmedizin.
Dr. Grit Birkenfels schildert die Details aus der Obduktion und fasst am Schluss zusammen: «Beide Leichen sind augenscheinlich mit der gleichen Tatwaffe getötet worden. Beim ersten Mord durch einen kräftigen Schlag, bei dem das Opfer enthauptet wurde. Beim zweiten Opfer!», und da ist sie sich sicher, wie sie sagt, «handelt es sich um eine rituelle Schächtung.»
«Stopp! Wie kommen Sie darauf, dass das eine Schächtung war?», fällt ihr der Staatsanwalt ins Wort.
«Ich konnte eindeutig feststellen, dass vor der medizinisch sachgerechten Enthauptung, eine Schächtung stattfand. Der Täter hat sein Opfer bei vollem Bewusstsein, durch einen Kehlschnitt ausbluten lassen. Erst nach einer geraumen Zeit, als der Körper bereits blutleer war, wurde die Enthauptung mit exakten medizinischen Schnitten ausgeführt. Ich konnte aufgrund von Laboranalysen feststellen das sich im Körper des Opfers, zwei Substanzen befanden: zum einen, um das Opfer zu sedieren und zum anderen, ein Anti Sedativum, um das Opfer wieder zurückzuholen.»
Grit Birkenfels beendet sichtlich betroffen von dem, was sie den Kollegen erklärt hat, ihren Vortrag und setzt sich zurück auf ihren Platz.

Halsabschneider, c 2021 Klaus-Dieter Budde

Geschockt ob der Brutalität in der Ausführung der Tat ist es einen Moment still im Konferenzraum. Der Staatsanwalt ist der Erste, der wieder die Worte findet: «Gute Arbeit!», lobt er die Rechtsmedizinerin.

Danach werden Details zur Einführung der Sonderkommission besprochen, der Staatsanwalt macht hier ordentlich Druck.

«Überprüfen Sie doch auch ob es da zwischen den Opfern Verbindendes gibt, ich denke nicht, dass der Täter seine Opfer wahllos auswählt, er erscheint mir zu gescheit.» Sagt der Staatsanwalt, bevor er die Konferenz wieder verlässt.

«Da wäre ich ja nicht draufgekommen», ätzt Vivian Steffens dem Staatsanwalt nach.

Nach der Besprechung teilten sie sich wieder auf. Jörg baut die Internetrecherche weiter aus, um Schnittmengen der beiden Opfer zu analysieren. Heino und Vivian wollen zu Jana von Klippersdorf fahren, um dort Erkenntnisse zu sammeln die eine mögliche Verbindung der Opfer aufzeigen. Darauffolgend gedenken sie zur Wohnung des zweiten Opfers zu fahren. Dort ist zurzeit die Spurensicherung auf Spurensuche.

*

Jana von Klippersdorf empfängt sie heute bereits entspannter als letztens, sie hat den ersten Schock verarbeitet.

Sie macht nicht den Eindruck einer Witwe in tiefer Trauer, denkt sich Kriminaloberkommissarin Vivian Steffens und stellt ihre Fragen.

Es stellt sich schnell heraus das, die von Klippersdorf nicht in Kontakt standen mit Elfriede Merkensmayer, Jana von Klippersdorf hat den Namen der Dame, wie sie sagt schon einmal in Zusammenhang mit Immobilienfonds gehört. Was

79

bedeutet, das beide Opfer aus der gleichen Branche kommen.
Vivian und Hauptkommissar Kleinemeier machen sich Notizen
und verabschieden sich gleich wieder, hier ist
auskunftstechnisch nichts mehr zu holen.
Sie begeben sich auf den Weg nach Harsefeld, dort befindet
sich die Eigentumswohnung von Elfriede Merkensmayer.
Die Mitarbeiter der Spurensicherung sind bereits dabei ihr
Equipment zusammenzupacken, wie die beiden Kommissare
auf die Auffahrt fahren.
In einem kurzen informellen Gespräch berichtet der Leiter der
Spurensicherung den beiden, was sie Relevantes gefunden
haben.
«Der Pkw der Dame ist noch nicht gefunden, eine Meldung an
alle Polizeidienststellen ist rausgegangen», berichtet er.
Vivian und Heino machen sich selbst ein Bild und betreten die
Wohnung. Just wie sie sich die Handschuhe angezogen haben,
um keine Spuren zu verwischen, klingelt das Mobiltelefon von
Kriminalhauptkommissar Heino Kleinemeier. Heino hört kurz
zu, was ihm der Beamte der Vermisstenstelle, am anderen
Ende der Leitung berichtet und sagt: «Ja da sind wir zuständig.
Das übernehmen wir!»
Er macht sich ein paar Notizen und beendet das Gespräch.
„Vivian, komm, wir haben eine Spur!", ruft er und eilt zurück
zum Dienstwagen.
Vivian sprintet hinterher und schaut ihn fragend an.
«Frau Elfriede Merkensmayer wurde soeben vermisst
gemeldet, sie ist gestern nicht von ihrem Ausritt
zurückgekommen, ihr Pferd aber schon», berichtet Heino die
Neuigkeiten, «Ich gehe davon aus, dass man sie während des

Halsabschneider, c 2021 Klaus-Dieter Budde

Ausrittes überfallen hat, alles andere macht keinen Sinn.» Schließt er den Satz.

«Da ist es bedeutsam, dass wir den Ort finden, an dem sie überfallen wurde, es ist denkbar, dass wir dort verwertbare Spuren finden», sagt Vivian.

«Richtig! Versuch mal ob du den Staatsanwalt erreichst, der soll uns Unterstützung aus Lüneburg besorgen und ein paar Hunde, die uns bei der Suche helfen», bittet Heino Kleinemeier. Geschickt steuert er den Wagen nach Ohrensen zum Reitstall des Opfers.

Unterdessen hat Kriminalkommissar Jörg Merkens etwas entdeckt. Elfriede Merkensmayer hat salopp ausgedrückt, Dreck am Stecken. Sie war in ihrem früheren Beruf als Investmentbankerin angeeckt. In ihrer Berufsausführung als Bankangestellte hatte sie oft Risikopapiere vermittelt, ohne auf die jeweiligen Risiken hinzuweisen, dadurch wurden Investoren geprellt. Das war der Grund für ihr frühzeitiges Ausscheiden aus der Berufswelt.

Elfriede Merkensmayer hat sich ein beträchtliches Vermögen durch Investments zusammenverdient. Unter anderem hatte sie in Risiko-Immobilien-Fonds bei Björn von Klippersdorf investiert und hohe Gewinne eingefahren. Eine der wenigen, denen das bei von Klippersdorf gelungen ist. Da ist die Verbindung. Sofort benachrichtigt Jörg seine beiden Mitstreiter, die sind begeistert, denn nun hat man einen echten Ansatzpunkt für die Ermittlungen.

In Ohrensen hilft man ihnen nicht weiter, denn die Reiterin, die den Rappen vom Opfer gefunden hat, war von einem

Reitstall bei Lusthoop. Sie fahren dorthin, ist ja nicht weit weg. Auf dem Reiterhof treffen sie auf Jule Rebew, die den Rappen aufgefunden hat. Die Reiterin begleitet die Kriminalen zu der Moorwiese, wo sie den Rappen aufgegabelt hat.

Kriminalhauptkommissar Kleinemeier bedankt sich bei Jule Rebew und bittet sie am nächsten Tag nach Stade zu kommen, um ein Protokoll anzufertigen.

Jule Rebew die eh in Stade arbeitet, wie sie anmerkt, sagt das zu und steigt am Reitstall wieder aus.

Die beiden Kommissare warten auf ihre Verstärkung, die sie hierher beordert haben. Bis spät am Abend ist eine Hundertschaft der Bundespolizei dabei Spuren der Entführung und/oder der Tötung von Elfriede Merkensmayer zu suchen. An einer Schutzhütte werden sie fündig, hier fand nach Spurenlage die Entführung statt. Eine halb volle Wasserflasche und Spuren eines fliehenden Pferdes, sowie Reifenspuren in einem Viehunterstand in der Nähe, sprechen für eine Entführung. Hinweise auf den Mord gibt es hier nirgends.

Gegen 23:00 Uhr rücken die Polizeikräfte wieder ab, lediglich die Spurensicherung, die alles in ein grelles Scheinwerferlicht gesetzt hat, ist bei der Detailsuche. Die beiden Kommissare, die die Aktion den ganzen Tag begleitet haben, fahren zurück nach Stade zu ihrer Dienststelle.

*

Eine Woche später, Adelhard hat die vorgefertigten Gitter abgeholt und ist gerade dabei, diese in den Keller zu bringen, wie sein Mobiltelefon klingelt. Adelhard eilt erschrocken in die Küche und stellt das Telefon aus, entnimmt den Chip und legt diesen in ein metallenes Kästchen auf seinem Sideboard.

82

«Schiet!», flucht er, er hatte Vergessen, sein Mobiltelefon auszustellen.

Besorgt bringt er das letzte Element des Gitters in den Keller, dort stellt er die drei Elemente auf einen stabilen Möbelhund und schiebt sie durch das Stollensystem bis zur Bunkeranlage. Sofort beginnt Adelhard damit die Gitteranlage zusammenzuschrauben. Er befestigt die angeschweißten Anker in von ihm vorbereitete Löcher im Boden und in den Wänden, richtet die Gitteranlage mit einer Wasserwaage aus und füllt die Löcher mit Schnellbeton. Wie alles fertig ist, stellte er ein paar Möbel in den vergitterten Raum und begutachtet sein Werk. Er hat für sein nächstes Vorhaben eine Gefängniszelle gebaut, ähnlich derer beim Sheriff in alten Wildwestfilmen.

Adelhard reinigt die Baustelle und verlässt zufrieden den Bunker. Er bereitet den nächsten Akt vor.

Zuallererst kümmert er sich um den korrupten Staatsanwalt. Später um Karl-Friederich von Boyson den Investmentbanker.

Gegen Mitternacht ist er mit seinem Camper unterwegs, er fährt nach Ardesdorf. Dort zwischen dem Ort und Elstorf wohnt sehr einsiedlerisch, in einem schmalen Seitenweg, der seit Langem pensionierte Staatsanwalt Venal. Adelhard stellt den Camper in unmittelbarer Nähe unter einer Baumgruppe ab und schleicht sich bewaffnet, mit einem Taser, einem Stab-Elektroschocker mit ordentlich Leistung, zum Haus des korrupten Herrn Staatsanwalt.

Lange beobachtet er das Haus, er weiß, dass der Ex Staatsanwalt wie ein Einsiedler lebt und bedingt durch einen Unfall, nicht mehr gut zu Fuß ist.

Halsabschneider, c 2021 Klaus-Dieter Budde

Alles ist friedlich, mittlerweile ist Mitternacht vorbei, Adelhard öffnet mit einem Werkzeug die Terrassentür und huscht ins Wohnzimmer. Es bleibt alles ruhig. Adelhard spürt seinen Herzschlag, er ist aufgeregt, Adrenalin bis in die Haarspitzen. Geräuschlos öffnet er die Tür zum Schlafzimmer. Er schaltet seine Taschenlampe ein, der gebündelte Lichtstrahl trifft das Opfer mitten im Gesicht. Staatsanwalt Venal schreckt empor und setzt sich erschrocken auf.

«Was? Wo? Was soll das!?», ruft er voller Panik.

«Bleiben Sie cool, dann passiert Ihnen nichts! Stehen Sie auf und verlassen Sie das Haus über die Terrasse!», ordnet Adelhard mit fester Stimme an.

Vor dem Haus fesselt er seinem Opfer die Hände und begleitet ihn bis zum Camper, dort bittet er, den alten Staatsanwalt sich zu setzen, und verabreicht ihm eine Beruhigungsspritze. Da der Staatsanwalt den furchteinflößenden Taser in Adelhards Hand gesehen hat, lässt er das geschehen.

Das Beruhigungsmittel erlaubt dem Mann noch, sich mit der Hilfe von Adelhard zu bewegen, mehr nicht.

Dezent sediert fährt Adelhard den Staatsanwalt zu sich nach Ottenbeck. Dort bringt er das Opfer in den Bunker und sperrt ihn in die vorbereitete Zelle.

Der Staatsanwalt lacht schallend auf, wie er merkt, wo er sich befindet.

«Was wird das denn?», fragt er Adelhard.

«Darf ich mich zuerst einmal vorstellen, mein Name ist Adelhard Meents», sagt Adelhard zu seinem Opfer.

«Was das soll, habe ich gefragt, nicht wie Du heißt!», brüllt der Staatsanwalt.

Halsabschneider, c 2021 Klaus-Dieter Budde

«Sie werden zusammen mit ihrem Mittäter morgen Nacht Ihre Tat büßen! Ich werde Sie töten!», sagt Adelhard und schaut dem Staatsanwalt dabei in die Augen.
«Welche Tat, was reden Sie da für einen Unsinn?», fragt der Staatsanwalt, der bemerkt hat, wie ernst es dem Täter ist.

Adelhard stellt dem Herrn zwei Flaschen Mineralwasser in die Zelle und verlässt den Bunker. Er hat nicht den Nerv sich mit diesem korrupten Menschen auseinanderzusetzen.
Er bringt den Camper wieder in den Schuppen am Harschenflether Weg und fährt mit dem Transporter zurück nachhause. Zufrieden mit einem Lächeln um die Mundwinkel schläft er später in seinem Bett ein.

*

Am nächsten Morgen, früh um sechs Uhr ist Karl-Friederich von Boyson unterwegs auf seiner Joggingrunde an der Elbe, der Investmentmanager rennt täglich, um fit zu bleiben. Am Ende der Runde macht er auf dem Parkplatz, wo er sein Auto geparkt hat, spezielle Dehnübungen und abschließende Liegestütz auf der hölzernen Umrandung des Platzes.
In seine Übungen vertieft nimmt er nicht wahr, dass sich ihm ein Mann nähert. Unverhofft bemerkt er einen Schatten über sich und jemand hält ihm ein Tuch vor das Gesicht. Bevor er zu irgendeinem Widerstand fähig ist, verliert er das Bewusstsein.

Adelhard schaut sich hastig um, niemand ist zu sehen. Flink trägt er sein Opfer zum Camper und legt den Betäubten auf die Ladefläche. Nachdem er ihn gefesselt hat, verschließt er die Seitentür und verlässt mit dem Wagen den Parkplatz. Beim Rückwärtsfahren passiert es, er touchiert den Wagen des

85

Opfers mit seinem Camper, nichts Schlimmes, es ist kaum was zu sehen. Mit einer immensen Wut auf sich lenkt Adelhard den Camper auf die Straße.

«Diese Fehler dürfen dir nicht passieren Adelhard!», schimpft er sich lautstark und fährt nach Ottenbeck.

Dort geschieht alles geschwind, das Opfer verbringt er in die Zelle im Bunker und löst die Fesseln. Nachdem der Karl-Friederich von Boyson wieder in diesem Leben angekommen ist, stellt Adelhard die beiden Gefangenen vor.
«Sie kennen sich ja, haben ja den einen oder anderen Deal lanciert! Oder?»
Adelhard genießt das Erschrecken der beiden, als sie sich erkennen.
«Ich lass Sie allein, habe Termine. Ich denke, Sie haben sich reichlich was zu erzählen», sagt er und verlässt die beiden Opfer. Adelhard tauscht abermals die Fahrzeuge durch, später legt er sich ein wenig hin, denn heute Abend hat er was vor, das lange geplant ist.

*

Jana von Klippersdorf schaut in den Spiegel, hat sie sich zu reizvoll aufgebrezelt? Nein das ist alles im Rahmen, findet sie und schlüpft in ihr neues Abendkleid. Dezenter Chic nennt sie das, sie dreht sich noch einmal vor dem Spiegel, nimmt ihre Clutch und den Wagenschlüssel und verlässt das Haus. Sie strebt ins Stadeum nach Stade, um sich mit Silke ihrer Freundin, Salut Salon, ein Hamburger Klassikquartett mit ihrem neuen Bühnenprogramm anzuhören.
Silke ist eingesprungen, denn ursprünglich war die Karte für Björn. Silke wartet im Foyer auf sie. Jana ist spät dran, rasch

betreten sie den Saal und besetzen ihre Plätze. Es sind gute Plätze, zweite Reihe Mitte, da hört man selbst die leisen Töne mit. Jana ist enthusiastisch.

Sie genießt das Konzert der vier Musikerinnen. Angelika und Iris an der Geige und Olga am Klavier sowie Sonja Lena am Cello, geben wieder ihr Bestes. Die musikalische Vorstellung zum Thema Liebe, dem ältesten Thema der Menschheit, wird mit viel Emotion vorgetragen, sodass Jana das ein oder andere Mal verstohlen eine Träne wegdrückt. Sie ist in Gedanken bei ihrem Björn, den sie vermisst. Nicht dass es die glühende Liebe war, man hatte sich halt aneinander gewöhnt.

In der Pause steht sie mit Silke im Foyer und labt sich an einem Prosecco, wie ihr Blick, der durch den Raum schweift, unvermittelt innehält.

«Silke, schau wer da ist!», stößt sie ihre Freundin an und zeigt in Richtung der Garderoben.

«Das gibt's nicht, das ist doch?», ruft Silke deutlich hörbar.

«Lass uns hingehen», beschließt Jana und laviert sich durch die Masse der Konzertbesucher, was ihr nicht schwerfällt, denn einer schönen Frau macht man gern Platz.

«Hallo», flötet sie, als sie am Ziel ihrer Aktivität ist.

«Hallo, schönen Abend», antwortet der adrette Rotschopf, der ihr im Korken aufgefallen war. Jana fühlt sich wie ein verliebtes 15-jähriges Mädchen, Gott sei Dank eröffnet der sympathische Rotschopf, der sich als Adelhard Meents vorstellt, die Konversation und ihre Aufregung legt sich.

Ein toller Mann, denkt sie und hängt an seinen Lippen, nicht das sie versteht, was er sagt, sie ist fasziniert von Adelhard. Silke, die sich durchgedrängelt hat, stößt ihr in die Seite und weckt sie aus ihrem Traum.

Halsabschneider, c 2021 Klaus-Dieter Budde

«Das war der dritte Aufruf, lass uns wieder hineingehen», drängt sie Jana.

Jana und Adelhard tauschen ihre Visitenkarten aus, danach eilt jeder zu seinem Platz. Adelhard sitzt weit hinten, wie Jana bemerkt. Sie geben sich wieder der Musik hin. Diese hat nun für Jana eine andere Bedeutung, getragen von der musikalischen Darbietung träumt Jana sich in eine herrlich romantische Zukunft. Am Ende des Konzerts schaut sie nach ihrem Rotschopf. Dieser hat kurz vor dem Ausklang das Konzert verlassen, denn er hat heute Nacht eine unerlässliche Aufgabe zu erfüllen.

Geknickt beschließt Jana, mit Silke noch einen Absacker zu trinken, sie landen in einer Bar, in der Poststraße. Silke fühlt sich hier nicht behaglich und drängt nach dem ersten Drink auf den Aufbruch. Jana von Klippersdorf willigt ein und gemeinsam schlendern sie zu ihren Fahrzeugen, die sie nach der Vorstellung am Hafen geparkt haben. Sie verabschieden sich herzlich und jeder fährt in Gedanken an den Rotschopf nachhause. Silke, weil er ihr den Abend mit Jana versaut hat und Jana, weil sie nach langer Zeit wieder Schmetterlinge im Bauch verspürt, ein Gefühl, das sie lange nicht Erfahren hat.

*

Im Großraumbüro der Sonderkommission Golfplatz ist den ganzen Morgen eine operative Hektik im Gange, jeder Neuzugang richtet zuerst seinen persönlichen Arbeitsplatz ein, Netzwerktechniker sind dabei, die Plätze mit einem leistungsstarken Server, zu vernetzen.

Kriminalhauptkommissar Heino Kleinemeier achtet akribisch darauf, dass alles nach seinen Vorgaben passiert.

Kriminaloberkommissarin Vivian Steffens hat er zu seiner

Halsabschneider, c 2021 Klaus-Dieter Budde

Stellvertreterin ernannt, so ist sie gegenüber den Mitarbeitern der Sonderkommission in seiner Abwesenheit weisungsbefugt. Der Nachteil ist, und da besteht der Staatsanwalt drauf, dass ständig einer von beiden anwesend sein muss.

«Los Leute, beeilt euch, in einer halben Stunde ist das erste Briefing!», feuert Heino seine neue Crew an.

Kommissar Jörg Merkens hat alles fürs Briefing zusammengetragen und in einer Präsentation generiert. Die Bilder erscheinen über einen Hochleistungsbeamer auf einer imposanten Leinwand, es kann jeder im Ermittlerraum, das Briefing von seinem Arbeitsplatz verfolgen.

Jedweder Ermittler, hat über seinen Rechner, Zugriff auf den Beamer und kann, wenn erforderlich, seine eigenen Ermittlungsergebnisse präsentieren.

«Kolleginnen und Kollegen, ich heiße Euch recht herzlich willkommen. Wir die Stader Beamten freuen uns über Eure Unterstützung, denn wir haben es hier mit einem perfiden Mörder zu tun.»

Kriminalhauptkommissar Kleinemeier weist das Team in den aktuellen Ermittlungsstand ein. Beim Vortrag zeigt er, dass ein oder andere relevante Bild zum Sachverhalt. Jüngere Kriminale sind schockiert von den Bildern der Opfer und der Tötungsart dem Schächten. Nachdem Heino geendet hat, ergänzt die Rechtsmedizinerin Dr. Grit Birkenfels seine Ausführungen und berichtet nochmal explizit über das Schächten.

Vivian, die telefoniert, hebt die Hand, um anzuzeigen das sie was zu sagen hat. Denn die Ermittlungen laufen, wenn

Halsabschneider, c 2021 Klaus-Dieter Budde

Meldungen von außen hereinkommen, während des Briefings weiter.

«Wir haben einen abkömmlichen Investmentbanker und einen abkömmlichen ehemaligen Staatsanwalt! Das kann mit unserem Fall zusammenhängen, da sich die beiden Herren von einem Prozess kennen», berichtet sie.

Kriminalhauptkommissar Kleinemeier teilt zwei Ermittler ein, die sich um den verlustigen Staatsanwalt kümmern. Er selbst fährt mit Jörg Merkens zur Wohnung des Managers.

*

Adelhard kommt recht beseelt von seinem Konzertbesuch nachhause, das Hamburger Klassikquartett Salut Salon, hat ihn mit dem neuen Bühnenprogramm total begeistert. Und, er hat die blonde Schöne wiedergesehen. Adelhard nimmt in Gedanken die Visitenkarte aus der Tasche seines Jacketts und schaut diese an.

Wie vom Blitz getroffen erschrickt er. Jana von Klippersdorf steht dort, das kann nicht sein. Da er nicht an Zufälle glaubt, nimmt er sich vor, argwöhnisch zu bleiben.

Er kleidet sich um, in einem weißen Overall eilt er, nachdem er sich eine Thermosflasche Ostfriesentee aufgebrüht hat, in den Bunker. Adelhard hat eine lange Nacht eingeplant. Zuerst muss er seine Opfer sedieren, lange hat er darüber nachgedacht, ob er beide zusammen sediert, hat sich jedoch für eine Einzelsedierung entschieden.

Zuerst gedenkt er diesen Familienmörder Karl-Friederich von Boyson zu schächten. Der Staatsanwalt a.D. soll sich das Ritual in Ruhe bei vollem Bewusstsein anschauen, das hat er ja

Halsabschneider, c 2021 Klaus-Dieter Budde

derzeit auch so gehalten. Adelhard holt den Investmentbanker zuerst aus der Zelle. Anstandslos lässt sich von Boyson fesseln. Von Boyson hat den Elektroschocker in der Hand von Adelhard bemerkt und hofft auf eine andere Chance, um dem grausamen Spiel zu entkommen.

Adelhard zieht die Spritze auf, staut den Blutfluss des rechten Armes und injiziert das Sedativum. Kurz darauf entspannt sich von Boyson merklich. Adelhard führt ihn an den vorbereiteten Seziertisch und dirigiert den Manager so auf den Tisch, dass dieser bäuchlings zum Liegen kommt. Dann beginnt er damit von Boyson zu entkleiden. Wie er den sedierten Karl-Friederich mit den vorbereiteten Riemen an den Tisch fixiert, meldet sich der alte Staatsanwalt zu Wort: «Hey, was fabrizieren Sie da, Sie bringen Herrn von Boyson doch nicht wirklich um?», ruft er verzweifelt aus seiner Zelle.

Adelhard beachtet den korrupten Staatsanwalt nicht. Er gibt dem Investmentbanker, nachdem er ihn auf dem Tisch ausgerichtet hat, eine Spritze, die ihn wieder in diese Welt zurückholt. Setzt sich gegenüber auf eine Bank und wartet, währenddessen er seinen Tee trinkt, darauf das sein Opfer wieder klar wird.

Der Staatsanwalt versucht es noch einmal mit einem Veto. «Sie wissen das Sie dafür lebenslang ins Gefängnis müssen», will er Adelhard verunsichern.

«Sie sind doch nicht normal, nur ein Perverser führt solche Taten aus!», wird der Justiziar beleidigend.

Adelhard hört nicht hin, er schraubt den Verschluss seiner Thermosflasche zu und steht auf, um das Urteil zu verlesen.

«Herr Karl-Friederich von Boyson, ich verurteile Sie im Namen Ihrer Opfer zum Tode durch die Schächtung. Sie haben sich schuldig gemacht! Am Tod einer Familie und deren Kinder. Ich werde das Urteil im Namen Ihrer Opfer vollstrecken.»
Adelhard greift das Schächtmesser, prüft noch einmal den Grad der Schärfe und setzt das Messer am Hals des Opfers an. Mit einer raschen Bewegung zieht er die Klinge durch die Weichteile des Halses.
Karl-Friederich von Boyson ist Geschichte.
Adelhard lässt den Körper ausbluten, danach trennt er den Kopf des Opfers ab. Das macht ihm nichts aus, er sieht diese Art der Tätigkeit eher wie einen medizinischen Eingriff an.
Der süßliche Geruch des lauwarmen Blutes wirkt beruhigend auf ihn, dieses Phänomen hat er schon während des Studiums bemerkt, es beunruhigt ihn ganz und gar nicht.
Wie Adelhard den Tisch frei hat, von Boyson ist steril gewaschen in einem Plastiksack verstaut, schreitet er zur Zelle hinüber, um sich um den Staatsanwalt zu kümmern.

Der gute Mann hat den Schächtungsvorgang nicht mehr mitbekommen, er hat es vorgezogen, in Ohnmacht zu fallen. Adelhard nutzt die Chance und sediert den Staatsanwalt in der Zelle, mit einem Transportwagen verbringt er ihn zum Seziertisch und bereitet ihn für die Bestrafung vor.

*

Kriminalhauptkommissar Kleinemeier ist schon fast an der Wohnung von diesem vermissten von Boyson, wie ihn die Nachricht erreicht, dass man den Wagen des Vermissten auf einem Parkplatz an der Elbe aufgefunden hat.

Halsabschneider, c 2021 Klaus-Dieter Budde

Kurzentschlossen wendet er den Wagen und fährt einstweilen zum Parkplatz an der Elbe.

«Hier das ist es, Treffpunkt Sandhörn, dort steht der Streifenwagen!», sagt Jörg Merkens und deutet nach rechts auf einen Parkplatz in dessen Mitte sich besagter Treffpunkt, ein kleiner Imbiss, befindet.

Die beiden Streifenbeamten, die den Wagen aufgefunden haben, grüßen freundlich und berichten, was sie festgestellt haben.

«Hier hat jemand das Fahrzeug stark touchiert», sagt einer der Beamte und zeigt den Schaden am Fahrzeug. «Der Schlüssel steckt und im Fahrzeug liegen die Laufschuhe des Vermissten, ich denke, der war fertig mit seiner Joggingrunde», berichtet er weiter.

Kriminalhauptkommissar Kleinemeier nickt und schaut sich alles sehr genau an, der Mann hat Recht, so wie es aussieht, ist der Jogger unmittelbar nach dem er sein Fahrzeug erreichte verschwunden.

Heino Kleinemeier ruft die Spurensicherung herbei und bittet, nachdem er ein paar Fotos mit seiner Bridgekamera geschossen hat, die Beamte, auf die Spurensicherer zu warten. Die beiden sind nicht begeistert, machen aber ihren Job.

Die Kriminalkommissare fahren zur Wohnung des Vermissten, dort treffen sie sich mit seinen Kindern. Nach einer halben Stunde fahren sie auf die Einfahrt der Wohnanlage der von Boysons, ein unauffälliges imposantes Anwesen mit angrenzendem Stall und Paddock, was darauf hinweist, dass die Besitzer Pferdeliebhaber sind.

«Friedrich von Boyson und das ist meine Schwester Ann-Kathrin», stellt sich der Junior den beiden Kriminalen vor, nachdem diese sich ausgewiesen haben.

«Haben Sie meinen Vater gefunden?», fragt die Tochter besorgt.

«Nein, leider noch nicht, aber wir haben seinen Wagen auf einen Parkplatz an der Elbe gefunden», berichtet Kriminalkommissar Merkens.

«Kommen Sie bitte herein, dort spricht es sich besser wie hier zwischen Tür und Angel», sagt der Junior und macht die Tür frei.

Dann berichten die Kinder des Vermissten, dass ihr Vater seit gestern abkömmlich ist. Zuerst haben sie gedacht, dass er nach dem Frühsport Termine wahrgenommen hat.

Wie Kunden anrufen und ihren Unmut darüber äußern, dass von Boyson Termine nicht eingehalten hat, werden sie aufmerksam und suchen nach dem Vater.

«Und, da haben Sie den Wagen nicht gefunden?», hakt Heino Kleinemeier nach.

«Nein, mein Vater ist überall und nirgends gejoggt.
Zunächst gingen wir davon aus, dass er in seinem Fitnessklub trainiert. Die Strecke in Twielenfleth kenne ich nicht», berichtet Friedrich von Boyson.

Kriminalhauptkommissar Kleinemeier bringt das Gespräch auf Staatsanwalt a.D. Venal: «Hat ihr Vater Kontakt zu dem ehemaligen Staatsanwalt Venal?», fragt er die beiden.

Diese schauen sich zunächst an, entschließen sich dann, zu antworten. Friedrich von Boyson berichtet, dass sein Vater in

Halsabschneider, c 2021 Klaus-Dieter Budde

langer Vergangenheit, bei einem Immobilieninvestment einen bösen Fehler gemacht hatte. In der Folge verlor eine junge Familie ihr ganzes erspartes Vermögen. Der Familienvater brachte in seiner Verzweiflung seine Familie einschließlich der beiden Kinder um.

«Staatsanwalt Venal, ein damaliger Freund des Hauses, übernahm die Ermittlungen und würgte mehr als Freundschaftsdienst die Geschichte ab und ließ es nicht zur Anklage kommen. In der Folge gab es keinen Kontakt mehr zu dem Staatsanwalt. Warum? Dazu kann ich nichts sagen. Ich weiß aber, dass mein Vater seitdem ausschließlich lupenreine Investments verkauft hat.»

Man merkt dem Junior an, dass es ihm schwergefallen ist, darüber zu sprechen, auch ein wenig Erleichterung ist zu verspüren.

«Kann es sein, dass Ihr Vater wieder Kontakt zu Venal aufgenommen hat?», fragt Kriminalkommissar Jörg Merkens.

«Nein, auf keinen Fall, da war was zerbrochen das, nie wieder zusammengefügt werden kann», antwortet Ann-Kathrin.

«Warum Fragen Sie nach diesem Venal?», hakt sie nach.

«Ja, dieser Staatsanwalt a.D. Venal wird wie Ihr Vater seit gestern vermisst. Ein anderes Team der Kriminalpolizei ist soeben vor Ort um genaueres zu erfahren.»

Erschrocken sehen sich die Geschwister an.

«Eine Frage habe ich noch, dann sind wir wieder weg. Hatte Ihr Vater Kontakt zu dem Investmentmanager Björn von Klippersdorf oder der Investmentbankerin Elfriede Merkensmayer, erinnern Sie sich da unter Umständen?», fragt Kriminalhauptkommissar Kleinemeier nach.

«Die Elfriede und Vater kennen sich gut, sie ist hier auf allen größeren Feiern eingeladen. Ich glaube, die beiden kennen sich von früher, als Elfriede noch im Job war», berichtet Friedrich von Boyson.

«Den von Klippersdorf kennt er vom Hörensagen, er hält nichts von dem Geschäftsgebaren derer von Klippersdorf. Ich kann mich nicht erinnern, dass die eine Verbindung haben.»

Die beiden Kommissare verabschieden sich und fahren wieder zu ihrer Dienststelle nach Stade.

*

Adelhard ist arg verschwitzt, der alte Staatsanwalt war schwerer als gedacht. Gegenwärtig liegt er entkleidet auf dem Tisch. Adelhard schnallt ihn mit den Riemen fest an den Tisch und injiziert das Antisedativum, um den Staatsanwalt wieder in diese Welt zurückzuholen. Adelhard bevorzugt hier ein Antisedativum aus der Veterinärmedizin, Revertidin, das hat er sich in der Vorbereitung unter der Hand bei einem Kunden besorgt. Bisher hatte er damit Erfolg. Die Nebenwirkungen bei der Verwendung am Menschen kann er bei seinem Einsatz des Medikamentes vernachlässigen.

Als nach fünf Minuten keine Reaktion seitens des Opfers kommt, entscheidet er sich, die Schächtung sofort durchzuführen, da er befürchtet, dass der alte Herr stressbedingt einen Infarkt erlitten hat. Bescheiden pumpt das Herz unregelmäßig in der Brust des Staatsanwaltes.

Mit einem präzisen Schnitt ist alles erledigt, letschert ohne Druck rinnt der Lebenssaft aus der schlaffen Körperhülle. Adelhard, der nun auf seine Teepause verzichtet, trennt auch hier den Kopf des Opfers fachmännisch mit einem Skalpell ab

96

und reinigt ihn. Den Staatsanwalt desinfiziert er, nachdem er ihn gesäubert hat, und steckt ihn in einen vorbereiteten Leichensack. Nachdem seine Teepause nachgeholt hat, präpariert er beide Häupter fertig und steckt sie in die vorbereiteten Kugelgläser, er stellt sie zu den anderen ins Kühlregal.

Gemeinsam schauen sie mit offenen Augen auf Adelhard. Ein wohliger Schauer rinnt über seinen Rücken.

Freudig erregt transportiert er die beiden Leichensäcke mittels eines Rollwagens zum Kellerausgang. Ein kurzer Blick ums Eck und sie sind im Transporter verschwunden. Wie die Sonne sich ihren Weg in den Tag sucht, so gegen Viertel vor fünf, legt er beide Körper nebeneinander an einer exponierten Stelle im hohen Moor bei Oldendorf ab.

Ungesehen verschwindet er mit seinem Transporter wieder aus dem Habitat und fährt nachhause. Er hat sich sein Frühstück und eine Mütze Schlaf verdient, findet er.

*

Gegen Abend ist es hektisch in der Sonderkommission, soeben kommt die Meldung herein, dass man zwei Leichen im hohen Moor bei Oldendorf gefunden hat. Vivian Steffens, die von Heino die Leitung übernommen hat, schnappt sich einen Kriminalkommissar von den Unterstützern und fährt zum Fundort. Vor Ort werden sie von einer Streifenbesatzung eingewiesen. Sie begeben sich, nachdem sie ihre Schutzoveralls angezogen haben, zum Fundort der Leichen. Dort steht ein Verzweifelter, Herr mit seinem Jagdhund.

«Was machen Sie hier?», fragt Vivian den Jäger verärgert.

«Ich bin Michael Bartol aus Elm, ich habe die Toten gefunden. Der Polizeibeamte hat gesagt, ich soll hier warten. Dem ist schlecht geworden und er musste hier weg.»

«Aha, schlecht ist ihm, das hat er uns nicht erzählt», sagt Vivian und schickt den Weidmann zum Streifenwagen.

«Dort hinterlegen Sie bitte ihre persönlichen Angaben und Morgen, sagen wir gegen 10:00 Uhr, kommen Sie im Präsidium in der Teichstraße vorbei, um Ihre Aussage zu tätigen.» Herr Bartol sagt das zu und begibt sich auf den Weg zum Streifenwagen. Vivian tastet sich langsam, ohne Spuren zu verwischen, an die beiden Leichen heran. Sie sind auf einer kleinen Kuppe, umgeben von unsicherem Moorgrund, regelrecht drapiert worden. Es gibt nur einen sicheren Zugang über einen schmalen Bohlensteg. Vivian balanciert hinüber und schaut die Toten an.

«Zwei männliche Leichen unterschiedlichen Alters, beide ohne Kopf. Kommen Sie, schauen Sie sich das an!», ruft sie dem jungen Kollegen zu sich, «sehen Sie hier, das ist der Schnitt von der Schächtung und das hier, Sie sehen den Unterschied in den Schnittkanten, ist der chirurgische Schnitt zur Enthauptung.»

Vivian schaut sich um, der Kollege ist weg. Sie richtet sich auf und sieht das Malheur. Ihr Kollege ist rücklings ins Moor gefallen. Vivian reicht ihm flink ihre Hand und hält ihn fest, damit er nicht weiter versinkt. In dem Augenblick kommt Dr. Grit Birkenfels mit ihrem Team angelaufen.

«Rasch helfen Sie mir, ich kann den armen Kollegen nicht mehr lange halten!», ruft Vivian Steffens.

Helfer der Rechtsmedizinerin springen herbei und gemeinsam bergen sie den Kollegen aus dem Moor. Peinlich berührt bedankt er sich und zieht mit hängenden Ohren ab.

«Na toll, da haben wir jetzt ja ein aufgeräumtes Spurenfeld», merkt Dr. Birkenfels sarkastisch an.

«Sorry Doc, ich wollte dem Kollegen den Fundort zeigen, wusste ja nicht, dass der gleich den Klappmann macht», sagt Vivian.

«Schon gut, ich denke, dass es hier wie an den anderen Fundorten keine Spuren gibt», sagt die Rechtsmedizinerin.

Kapitel 5

Die Antonov An-2 macht einen Höllenlärm, der Pilot dreht vor seiner Landung eine Platzrunde, dicht über den Köpfen der Zuschauer. Später rollt die Antonov 2 vor den Hangar des Luftsportvereins Günther Groenhoff auf dem Stader Flugplatz.

Heino Kleinemeier sitzt mit Jörg Merkens in einem mitgebrachten Regiestuhl, den er günstig bei einem Discounter ergattert hat. Jörg hat ihn hier mit hin gequatscht, eigentlich interessiert er sich nicht für Flugzeuge. Aber diese Antonov ist beeindruckend, eine Spannweite von 18m kann hier keines der anderen Flugobjekte vorweisen. Alles ist hier vertreten: Segelflugzeuge, Ultraleichtflieger, Modellflugzeuge und die klassischen Motorflugzeuge. Jörg erklärt sie ihm, von der Bölkow Bo 207 und CTLSi ELA, über die P92 Echo Super, bis zur Cessna 150L, Jörg kennt sie alle.

«Da schau, eine Piper Cherokee 140, Baujahr 1973, ein Klassiker unter den Single-Prop Maschinen», ruft Jörg Merkens und stößt Heino mit dem Ellenbogen in die Seite.
Wackelig sieht es aus, wie der Flieger landet, *bei dem Alter ist das vielleicht normal,* denkt Heino und steht auf.
«Ich hol mir einen Kaffee», sagt er und spaziert langsam, den Flugbetrieb verfolgend, hinüber zum Beechcafé.
Er setzt sich an einen Biertisch und trinkt seinen Becher Filterkaffee, es ist einiges los beim alljährlichen Flugtag des Vereins. Ein Kommen und Gehen, Gäste machen Rundflüge, andere Genießen wie Heino Kleinemeier das tolle Ambiente auf dem Flugplatz. Das Wetter ist durchwachsen, dafür ist es

Halsabschneider, c 2021 Klaus-Dieter Budde

spannend, bei den wackeligen Landeanflügen zuzusehen. Das wegen des Windes der abendliche Ballonflug ausfällt, empfindet Heino nicht tragisch, Sicherheit geht vor.

«Moin, moin was treibt Sie denn hierher?», spricht ihn jemand von hinten an.
Heino, der einen Tandemfallschirmsprung am Himmel beobachtet, dreht sich um und erblickt den Sprecher.
«Oh, der Herr Staatsanwalt persönlich», sagt Heino und steht auf, um den Juristen und seine bildhübsche Begleitung zu begrüßen.
Gunnar Zipperlein ist gekleidet wie ein cooler Gigolo, der nicht wahrhaben will, dass das Alter Besitz von ihm ergriffen hat.
Das Mädel in seinem Arm könnte seine Tochter sein.
«Ich habe meine Piper hier im Hangar stehen, wussten Sie das nicht?», macht er zu überheblich bekannt, dass er im Besitz eines Fluggerätes ist.
Heino Kleinemeier tauscht ein paar Floskeln mit dem Staatsanwalt aus, dieser will seiner Flamme partout das Flugzeug zeigen.
«Gott sei Dank», seufzt Heino vor sich hin.
«Ja, der kann einem auf den Geist gehen», spricht ihn ein älterer Herr an und setzt sich zu ihm an den Biertisch.
Der Alte erzählt ungefragt Geschichten, die er hier auf seinem Platz erlebt hat: «Sie müssen wissen, ich bin ein echter Pionier der Stader Fliegerei und kenne den Platz hier in- und auswendig», berichtet er voller Stolz.
«Sogar die alten Bunkeranlagen habe ich noch gesehen, bevor man sie sprengte. Ich glaube nicht, dass die in jener Zeit alles kaputt bekommen haben, stabil wie die Dinger sind.»

Halsabschneider, c 2021 Klaus-Dieter Budde

Heino schafft es nach einiger Zeit, unter einem Vorwand, den Redefluss des alten Flugplatzpioniers zu unterbrechen, und verabschiedet sich. Er sucht Jörg seinen Kollegen auf, der Chips essend am Flugfeld sitzt und begeistert dem Treiben der Piloten zusieht.

«Ich mach mich vom Acker!», sagt Heino, greift seinen Regiestuhl, klappt ihn umständlich zusammen und eilt zu seinem Wagen. Jörg Merkens hat kurz genickt, als Zeichen, das er verstanden hat. Er schaut einer Cessna hinterher, die soeben gestartet ist.

*

Am Montag Morgen sitzen sie auf ihren Plätzen und hören Kriminalhauptkommissar Heino Kleinemeier zu, der den derzeitigen Stand der Ermittlungen schildert. Staatsanwalt Zipperlein der anwesend ist, unterbricht Heino mehrmals für Nachfragen. Nach Heinos Einleitung ist die Rechtsmedizinerin an der Reihe.

Dr. Birkenfels schildert, dass sie die beiden Opfer klar identifiziert hat und dass die Art der Tötung mit den beiden ersten Opfern identisch ist, «das gleiche Muster», sagt sie und beklagt die spurenlosen Körper, am Auffindeort hat die Spurensicherung keinerlei Spurenmaterial sichern können.

«Das Einzige, was wir haben, ist eine ausrecherchierte Probe eines winzigen Kunststoffpartikels», berichtet sie weiter.

«Was heißt ausrecherchiert?», will der Staatsanwalt wissen.

«Das heißt, dass wir wissen, woher diese Partikel stammen.»

«Das bedeutet?», forscht der Staatsanwalt nach.

«Die Partikel stammen von einem Leichentransportsack, wie sie der Katastrophenschutz vorhält. Die Nachforschungen, wo

102

diese Säcke beschafft wurden, laufen», löst Dr. Birkenfels die Spannung.

«Ach, warum nicht gleich so!», nöselt der Staatsanwalt herum.

Heino bedankt sich bei Dr. Birkenfels und berichtet anschließend, wie die beiden Beamte die Wohnung von dem Staatsanwalt a.D. Venal vorgefunden haben und dass selbst dort keinerlei Spuren eines möglichen Täters gesichert wurden.

Heino kann sich nicht verkneifen zu erwähnen, dass der Staatsanwalt in ärmlichen Verhältnissen gelebt hat. Zipperlein versteht den Wink und verlässt das Großraumbüro mit einem ungehaltenen Schnaufen.

«Nun beginnt die Sisyphusarbeit. Wir drehen nochmal jeden Stein um, irgendwo hat der Täter einen Fehler gemacht, den müssen wir finden, bevor mehr Menschen diesem Täter zum Opfer fallen», sagt der Kriminalhauptkommissar und beendet damit das Briefing.

Heino geht vor zum Platz des jungen Kommissars, der im Moor umgefallen war.

«Gehts Ihnen heute besser?», fragt er ihn. Der Kommissar schaut von seiner Arbeit auf.

«Ja es geht so», antwortet er.

«Machen Sie sich nichts daraus, das ist hier jedem Kollegen schon passiert, die tun nur so hart», spricht Heino Kleinemeier zu dem Kommissar und klopft ihm kameradschaftlich die Schulter.

Halsabschneider, c 2021 Klaus-Dieter Budde

«Heino, kommst du!», ruft Kriminalkommissar Jörg Merkens, «Ich bin da auf was gestoßen, das kann mit unserem Fall zusammenhängen.»

Heino eilt hinüber und Jörg zeigt ihm, auf was ihm aufgefallen ist. Vor elf Jahren ist ein korrupter Makler in den Bergen von Mallorca nach der Schächtmethode ermordet worden, die Leiche wurde ohne Kopf an einem stark frequentierten Touristenziel abgelegt.

«Bleib da dran», sagt Hauptkommissar Kleinemeier und will sich wieder umdrehen.

«Nee, warte, da ist noch einer!», ruft Jörg ihn zurück.

Heino dreht sich um und Jörg zeigt ihm, was er recherchiert hat.

«Hier in Bielefeld, ein Immobilienbanker, geschächtet am Mittellandkanal gefunden, ohne Kopf. Das war vor acht Jahren. Der Banker hat durch unsichere Anlagen einem Rentnerehepaar fast ihre Existenz genommen. Also korrupt wie die anderen.

Ich habe die Akte angefordert und mit dem ermittelnden Kommissar gesprochen. Der kommt morgen früh bei uns vorbei, um zu sehen, ob es Parallelen gibt.

Die Spanier sind ebenso interessiert, benötigen, nach europäischem Recht, ein Amtshilfeersuchen», berichtet Jörg.

Heino ist begeistert, es kommt Bewegung in den Fall.

«Um das Ersuchen kümmere ich mich, geh gleich rüber zum Staatsanwalt», verspricht er.

«Gute Arbeit,» lobt er Jörg und seine Mitstreiter und hebt den Daumen nach oben.

*

Halsabschneider, c 2021 Klaus-Dieter Budde

Kriminaloberkommissarin Vivian Steffens ist heute Morgen mit einem Investmentbanker verabredet, um sich schlauzumachen, wie ein Investmentbetrug abläuft, für sie ist es unverständlich, dass gut gebildete Geschäftsleute auf windige Finanzgeschäfte hereinfallen. Man erwartet sie bei der Filiale der Bank in der Breiten Straße in Stade. Der Banker, ein Herr Müller, erklärt ihr wie solche Deals ablaufen, unter anderem berichtet er von einem zwielichtigen Investmentsystem, dem Blindpool.

«Die Investitionsobjekte stehen beim so genannten Blindpool bei Auflage des Fonds nicht immer fest. Wenn noch kein Objekt zur Geldanlage feststeht und der Investor zu dem Zeitpunkt in den Fonds investiert, redet der Fachmann von einem Blindpool», schildert er Vivian, «solche Konstrukte setzen großes Vertrauen der Kapitalgeber in die Leistungsfähigkeit des Fondsmanagements und dessen Gesellschaft voraus, denn am Ende des Tages investiert er in deren Erfahrung.

In der Regel werden in den Exposees die Auswahlkriterien detailliert dargestellt, nach denen der Fondsmanager die zu erringenden Investitionsobjekte auswählt», fährt er fort. «Im Immobilienzweig ist der Blindpool in Laufe der letzten Jahre fast Standard und häufig anzutreffen. Da die Kapitalverwalter bei diesem Modell keine Zwischenfinanzierung mit ihrem eigenen Kapital benötigen. So ermöglicht der Blindpool nicht seriösen bonitätsschwachen Erstellern von Anlageprodukten den Eintritt zu dieser Marktsequenz.

Das für den Geldgeber nicht zu überblickende Investmentkonstrukt birgt ein Mehrfaches an Risiko.

Gegenüber seriösem Investment hat er hier keinen Einblick und verlässt sich auf die Seriosität seines Investmentmanagers oder Investmentbankers.» Beendet er seinen Vortrag.
Vivian stellt ein paar Fragen, sie hat gecheckt, wie das funktioniert, und verabschiedet sich von Herrn Müller.

Im Polizeipräsidium berichtet sie ihren Kollegen, was sie erfahren hat. Diese schütteln den Kopf, verstehen nicht wie intelligente Geschäftsleute oder gutgebildete Privatpersonen ihr schwer verdientes Geld solchen Betrügern in den Rachen werfen.
«Gier, die reine Gier!», sagt Kriminalhauptkommissar Heino Kleinemeier.
Er hat Recht, der schnöde Mammon und seine Vervielfältigung, schaltet so einige Vernunftssynapsen im Hirn der gierigen ab, denkt Vivian und schenkt sich einen Kaffee ein.

*

Jana von Klippersdorf ist am Nachmittag unterwegs in Stade, nach der Beisetzung ihres Mannes braucht sie eine Veränderung, um den Kopf freizubekommen. Das Reisebüro in der Hökerstraße ist da die richtige Adresse. *Sonne, Sand und Meer,* denkt Jana und stößt die Tür zum Reisebüro auf. Sie hat seit Tagen versucht, diesen Rotschopf Adelhard zu erreichen, es war permanent die Mailbox dran. Sie hat sich dann für eine Reise entschieden.
«Guten Tag kann ich was für Sie tun?», fragt eine aufmerksame Reisekauffrau.
«Ja, das dürfen Sie, ich möchte für einen längeren Zeitraum

Halsabschneider, c 2021 Klaus-Dieter Budde

nach Mallorca. Am besten in die Region Port d› Andratx!»,
sagt Jana und setzt sich auf den angebotenen Platz.

Die Reisekauffrau sucht ihr Hotels heraus, diese entsprechen
nicht Janas Vorstellungen.

«Eine Finca in der Nähe des Meeres, haben Sie so was im
Angebot? Wenn es möglich ist mit Personal», äußert Jana ihre
Wünsche.

«Ja klar, das haben wir, hier schauen Sie», sagt die nette Dame
und zeigt Jana eine kleine, aber feine Finca nahe Port d
‹Andratx.

Jana macht den Deal und bucht gleich die Flüge mit, first class
versteht sich. Wie sie das Reisebüro verlässt, stößt sie mit
einem Herrn zusammen. Als sie aufsieht und soeben eine
Schimpfkanonade loslassen will, erkennt sie den Rempler.

«Sie? Was machen Sie hier im Reisebüro?», fragt Jana den
Rotschopf.

Adelhard entschuldigt sich für das Rempeln und berichtet, das
er sich eine Auszeit nehmen will.

«Und wohin geht die Reise?», fragt Jana ihn.

«Ich denke, ich werde wieder auf Malle landen», grinst
Adelhard Meents.

«Das trifft sich gut, ich fliege übermorgen auf die Insel»,
berichtet Jana.

Sie gibt ihm die Adresse auf Mallorca und Adelhard verspricht
sie zu besuchen, wenn er auf Malle, wie er die Insel plump
nennt, angekommen ist. Sie verabschieden sich und Jana von
Klippersdorf fährt mit ihrem SUV nach Dollern, dort will sie
sich in einem großen Modehaus, für den Urlaub neu
einkleiden.

Adelhard bucht für vierzehn Tage ein Viersternehotel am Ballermann, die Flüge bucht er Economyclass, er sieht nicht ein für den Flug die gleiche Summe zu berappen, wie die Unterkunft gekostet hat. Da ist er ein Sparfuchs.

Nach Verlassen des Reisebüros ruft Adelhard seine Mutter in Ostfriesland an. Er berichtet ihr, dass er zurzeit in Estland ist und übermorgen über Hamburg nach Mallorca fliegt.
«Junge, nimmst du denn regelmäßig deine Tabletten ein?», fragt ihn seine Mutter.
«Welche Tabletten?», fragt Adelhard unwirsch.
«Junge ich weiß Bescheid. Professor Hoff hat mir alles erzählt, nimmst du die Pillen oder nicht?»
Adelhard überlegt schnell und unterbreitet seiner Mutter, dass er sich in Estland neue Pillen gekauft hat.
«Die sind da preiswerter wie bei uns, die Hälfte habe ich gespart.» Adelhards Mutter fällt ein Stein vom Herzen, sie hat es gewusst, auf Adelhard kann sie sich verlassen.
«Ist ja gut Junge», sagt sie und legt auf.

Adelhard ist geschockt, der Professor hat Kontakt zu seiner Mutter aufgenommen und ihr alles preisgegeben. *Das darf der doch gar nicht*, denkt Adelhard und macht sich einen Vermerk in seinem Notizbuch. Beunruhigt fährt er nach Ottenbeck. Bei einem Glas Rotwein lässt er den Tag ausklingen.
Er braucht eine Pause vom Töten, es nimmt ihn mental mehr in Anspruch, wie er sich das vorgestellt hat. Sein nächstes Opfer ist eh im Urlaub und wird erst in drei Wochen zurückerwartet. Da ist die Mallorca-Idee nicht die schlechteste, findet Adelhard und freut sich auf den Urlaub.

Halsabschneider, c 2021 Klaus-Dieter Budde

*

Eine Woche später, in der so genannten Morgenlage bei der Staatsanwaltschaft, zu der Kriminalhauptkommissar Kleinemeier gebeten wurde, eröffnet Staatsanwalt Zipperlein ihm, das zwei Ermittler seines Teams nach Spanien fliegen.
«Die Ersuchen sind positiv beschieden und es liegt bei Ihnen, wer von Ihrem Team dort hinfliegt, um vor Ort mit den spanischen Kollegen zu ermitteln.»
Nach dieser Mitteilung darf Heino Kleinemeier wieder gehen.
Die ganze Aktion hat nur dazu gedient, den anderen in der Staatsanwaltschaft zu zeigen, wie erfolgreich Zipperlein mit seinen Anträgen ist. Das Ganze hätte er mit einem kurzen Telefonat erledigen können.

Heino Kleinemeier nutzt den frühen Spaziergang und kehrt zum Frühstück, im Café Heyderich, in der Nähe der Dienststelle ein. Hier denkt er bei einem kräftigen Kaffee darüber nach, wer von seinem Team die Aufgabe am besten erledigen kann.
Vivian Steffens ist gesetzt, aufgrund ihrer guten Spanischkenntnisse, ist sie prädestiniert für die Aufgabe.
Ein Lächeln huscht über sein Gesicht, er hat da eine Idee, die wird alle überraschen. Gut gelaunt bezahlt er seine Rechnung und hastet hinüber zur Dienststelle.

Er zitiert Kriminaloberkommissarin Vivian Steffens und Kriminalkommissar Manuel Pieper in einen angrenzenden Besprechungsraum und eröffnet ihnen, bei einer Tasse Kaffee, die Dienstreise nach Mallorca.
Pieper schaut zuerst Vivian an, danach Heino Kleinemeier.

«Warum haben Sie mich ausgewählt?», fragt er schüchtern nach.

«Das will ich Ihnen sagen. Sie sind ein aufstrebender Kriminalkommissar und können bei diesem Einsatz eine Menge von der Kriminaloberkommissarin lernen», erklärt Heino ihm seinen Endschluss.

Vivian schiebt sich eine Strähne ihres tizianroten Haares hinter das linke Ohr und schaut Heino lange an.

«Gut machen wir das!», sagt sie und steht auf.

Beim Hinausgehen hält Heino sie zurück: «Er ist ein guter Mann, dass er da ins Moor gefallen ist, nimmt ihn sehr mit, dazu die beknackten Sprüche der Kollegen. Der muss hier mal raus.»

«Ok, das habe ich genauso verstanden», sagt Vivian, die Heino Kleinemeier lange kennt und weiß wie er tickt.

Dass sie mit der Auswahl ihres Partners nicht einverstanden ist, braucht sie nicht extra zu betonen, das hat Heino an ihrer Reaktion gemerkt. Die beiden raufen sich zusammen, denkt Heino Kleinemeier und geht zufrieden zurück ins Großraumbüro. Dort berichtet er den anderen Kollegen von dem Einsatz auf Mallorca.

Danach sucht Kriminalhauptkommissar Kleinemeier den Kollegen aus Bielefeld auf, der sich auf Weisung seiner Vorgesetzten ihrem Team angeschlossen hat, und bespricht Details zum Mord in Bielefeld. Dort haben die Ermittler keinerlei Spuren sichern können.

«Es ist wie verhext, der muss einmal einen Fehler machen», schimpft der Bielefelder Kollege.

Halsabschneider, c 2021 Klaus-Dieter Budde

Da kommt einer der Spurensicherer auf die beiden zu und sagt: «Hat er, wir haben was gefunden!»
Er berichtet, dass sie am letzten Fundort eine feinkrümelige Substanz gefunden haben, die sie zunächst nicht einordnen konnten. Nach aufwändigen Laboranalysen hat man festgestellt, dass es sich um Erde handelt.
«Erde, das ist jetzt nicht Ihr Ernst?», Heino schaut den Kollegen der Spurensicherung fragend an.
«Doch, doch mein voller Ernst. Die Erde die wir gefunden haben ist besonders, sie stammt aus einem Stollen oder Schacht und hat über viele Jahre weder Wasser noch andere Mineralien gesehen. Es sind dort Spuren von Exkrementen die von winzigen Wirbeltieren stammen, die sich in Höhlen, Stollen oder Schächten aufhalten. Kalt und trocken ohne Licht mit genügend Sauerstoff hat mir der Wissenschaftler den Ort erklärt.»

Heino und sein Kollege sind begeistert, man hat etwas, nach dem man suchen kann. Mittlerweile hat sich eine ganze Traube von Ermittlern um die drei gescharrt, es spricht sich schnell im Büro herum, das man einen Anhaltspunkt hat. Alle klatschen und schlagen dem Kollegen der Spurensicherung auf die Schulter, was dem peinlich ist, denn er war ja lediglich der Überbringer der Nachricht.

*

Kriminaloberkommissarin Vivian Steffens wartet am Hamburger Flughafen auf ihren Kollegen, der am Morgen mit den Koffern vorausgefahren ist. *Das geht ja gut los*, denkt sie, Zuspätkommen ist für sie ein Zeichen für Inkonsequenz und schlechter Erziehung, davon abgesehen, dass es unhöflich ist.

111

Kriminalkommissar Manuel Pieper kommt mit seinem Rollkoffer aus der VIP-Lounge und winkt Vivian zu. Vivian, die verwundert schaut, eilt zu ihm.

«Guten Morgen Frau Steffens, ich habe alles organisiert, die Koffer sind aufgegeben und hier habe ich die Bordkarten. Wenn Sie mir bitte folgen, denn ich habe ein Frühstück für uns organisiert.»

Vivian war perplex und folgt Manuel Pieper in die VIP-Lounge.

«Warum die VIP-Lounge?», fragt sie Pieper.

«Warum nicht», antwortet dieser und bietet ihr einen Platz an einem fertig gedeckten Tisch an.

«Kaffee? Oder lieber einen Tee?», ist Manuel Pieper eifrig bemüht um sie.

«Kaffee bitte». Geschickt organisiert er das Heißgetränk und beide machen sich über das vielfältige Frühstück her.

«Wie haben Sie das alles hier hinbekommen, wir fliegen Economyclass und nicht Businessclass?», will Vivian wissen.

«Ach das war ganz einfach, mein Vater ist hier bei der Airline ein kleiner Chef, da gibt es ein paar Möglichkeiten, seine Beziehungen zu nutzen. Da der Flieger heute Morgen nur zur Hälfte gebucht ist, sind wir kostenfrei upgegradet worden. Da ist der Zutritt zur VIP-Lounge inclusive», erklärt Manuel Pieper den Sachverhalt.

Vivian ist angetan, hat sie den schüchternen Kommissar unterschätzt? Beim Boarding verläuft alles reibungslos, der Flug war ruhig, aber zu kurz findet Vivian, sie kann den Luxus der Businessclass gar nicht richtig genießen.

Beim Auschecken auf dem Flughafen der Baleareninsel überrascht sie der Kollege einmal mehr. Mit einem

Halsabschneider, c 2021 Klaus-Dieter Budde

lupenreinen Spanisch begrüßt er die beiden Polizeioffiziere der spanischen Polizei, die sie am Ausgang empfangen.
Zunächst bringt man sie in ihr Hotel und verabredet sich für den nächsten Morgen um 09:00 Uhr, um den Fall zu bearbeiten.
Nachdem beide ihre Zimmer bezogen haben, treffen sie sich in der Lobby. Sie flanieren gemeinsam in den Ort, um sich ein Restaurant zu suchen, mittlerweile ist es weit nach Mittag und der Hunger ist inzwischen beträchtlich. Vivian zeigt auf ein Restaurant am Jachthafen, wo ein Tisch unter einem bunten Sonnenschirm frei wird. Sie bestellt sich eine Paella, Manuel bevorzugt eine mediterrane Meeresfrüchteplatte.

«Das ist ja ein bisschen wie Urlaub», schwärmt Vivian Steffens und genießt ihre Paella.
«Ja hin und wieder hat der Beruf was für sich», antwortet Manuel Pieper, «ich denke, der Anlass dämpft das Urlaubsfeeling, jedenfalls bei mir. Was denken Sie erwartet uns morgen bei den spanischen Kollegen, legen die alle Karten auf den Tisch?»
«Ich denke schon, was haben die davon, wenn sie uns nicht alles berichten. Die sind genauso an der Aufklärung der Morde interessiert wie wir», antwortet Vivian Steffens zuversichtlich.

Nach dem Essen vertreten sie sich noch etwas die Beine und bummeln durch den Ort. Nachmittags verzieht sich jeder auf sein Zimmer und bereitet sich auf den morgigen Tag vor.
Am frühen Abend spielt Manuel Pieper eine Runde Tennis mit einem anderen Gast auf dem hoteleigenen Tennisplatz.
Während eines Ballwechsels bemerkt er, dass Vivian ihn von

Halsabschneider, c 2021 Klaus-Dieter Budde

ihrem Balkon aus beobachtet. Er winkt ihr zu und sie erwidert den Gruß. Am späten Abend sehen sie sich in der Hotelbar wieder, beide trinken noch einen Nachtdrink.

*

Adelhard Meents hat Jana von Klippersdorf oft auf Mallorca gedatet. Man ist sich nähergekommen und hat eine gute Basis für eine längere Beziehung geschaffen. Skrupel hat er keine, warum auch. Jana hat nichts mit den Geschäften ihres Gatten zu schaffen und das er Björn von Klippersdorf bestraft hat, war die Konsequenz aus dessen Wirken.

Händchenhaltend bummeln sie am Strand entlang und schmieden Zukunftspläne. Adelhard hält sich zurück, er will den Neuanfang auch, nur hat er da noch was zu erledigen. Der Druck ist massiv für ihn, noch kaschiert er das böse.

Die Frage ist, wie lange hält er das durch. Seine Tabletten hat er lange nicht mehr eingenommen, er muss sein nächstes Opfer zeitnah töten, um den Druck herauszunehmen.

Jana von Klippersdorf bekommt davon nichts mit, sie ist auf Wolke sieben und kann es nicht erwarten, mit Adelhard wieder aufs Hotelzimmer zu verschwinden. Nicht nur dass dieser Ostfriese gut aussieht, er ist zudem ein famoser Liebhaber.

In ihrer Finca hält sie sich eher selten auf, allenfalls um sich ein paar Klamotten zu holen. Die meiste Zeit verbringt sie mit dem Rotschopf, wie sie Adelhard zärtlich nennt.

Adelhard eröffnet Jana auf dem Rückweg zum Hotel, das er in zwei Tagen wieder nach Deutschland reist, um sich um seine Geschäfte zu kümmern. Da Jana für vierzehn Tage die Finca gebucht hat, verabreden sie sich zu einem späteren Zeitpunkt in Stade. Jana ist verwundert über die eher ungeplante

Halsabschneider, c 2021 Klaus-Dieter Budde

Abreise Adelhards, signalisiert im gegenüber jedoch Verständnis. So kann sie sich ein wenig erholen und über ihre Beziehung nachdenken.

*

Die spanische Policía Nacional ist dem spanischen Innenministerium untergeordnet. Sie agiert auf Mallorca in Palma und Manacor. Die Nationalpolizei handelt auf der rechtlichen Grundlage der spanischen Verfassung von 1978. Die Beamte sind hervorragend ausgebildet, es gibt neben der Kriminalpolizei, Hundestaffelführer und Sprengstoffspezialisten. Spezial geschulte Sondereinheiten hält die Nationalpolizei vor.

Kriminalkommissar Pieper hatte sich vorbereitet, Vivian Steffens ist angetan von dem Ehrgeiz des Kollegen. Sie sind auf den Weg nach Manacor, dort findet das erste Briefing durch die Spanier statt.

Der überaus korpulente Comisario Principal Pedro Montez begrüßt die deutschen Kommissare sehr herzlich und übergibt sie nach einem Small Talk an Comisario Santos. Santos macht keinen Hehl daraus, dass er den Besuch der Deutschen nicht gutheißt. Kriminaloberkommissarin Vivian Steffens schafft es allerdings in kurzer Zeit, Comisario Santos von der Sinnhaftigkeit ihres Gastspiels zu überzeugen.

Kompetent berichtet sie zuerst von den Opfern in Stade und unterstützt den Vortrag durch Bilder der Fundorte. Der Comisario stellt hin und wieder Zwischenfragen und nickt oft verständnisvoll. Daraufhin unterrichtet Santos die deutschen Kriminalen von dem Mord, den er vor Jahren ermittelt hat. Einen Tatverdacht gab es zu jener Zeit nicht, man ging davon

aus, dass es ein Tourist war und dieser, bei Auffinden des Opfers, die Insel bereits verlassen hatte. Zeitnah wurde die Ermittlung eingestellt und der Fall ad acta gelegt.
Nach dem Vortrag bittet Vivian den Comisario darum, den Fundort zu besichtigen.
Ein Inspektor wird eingeteilt und fährt die Deutschen in das Bergdorf Banyalbufar, das für seine Terrassengärten berühmt ist. Hier hat man die Leiche des Immobilienmaklers, am Fuße eines Wehrturms gefunden.

«Eine exponierte Lage», stellt Kriminalkommissar Pieper fest. Vivian macht ein paar Fotos. Nachdem sie einen Kaffee getrunken haben, fahren sie wieder zurück nach Manacor, in die Dienststelle der Policía Nacional. Wie sie sich verabschieden, lädt sie Comisario Santos für den Abend auf seine Finca, die sich in der Umgegend befindet, zu einem Spanferkelessen ein. Was sie gerne annehmen. Santos verspricht, dass er sie pünktlich um 19:00 Uhr vor dem Hotel abholt. Ein Wagen der Guardia civil bringt sie einstweilen ins Hotel zurück.

*

Kriminalkommissar Jörg Merkens und Kriminalhauptkommissar Heino Kleinemeier sind seit Stunden, im Stader Stadtarchiv dabei, altes Kartenmaterial zu sichten. Sie haben die Idee, dass der Schmutz den sie sichergestellt haben, aus der Gegend von Stade aus dem Untergrund kommt. Sie suchen den ganzen Vormittag nach alten Bunkern, Stollen oder Grüften, die von ihrer Größe für eine Tatausführung infrage kommen. Der Stadtarchivar ist bemüht, Heino merkt, dass das, nicht dessen Fachgebiet ist.

Halsabschneider, c 2021 Klaus-Dieter Budde

«Haben Sie nicht jemanden, der sich da einwandfrei auskennt?», fragt Heino Kleinemeier den Archivar. Dieser denkt kurz nach und schüttelt den Kopf.

«Mit den alten Kriegskamellen will heute niemand mehr was zu tun haben, allenfalls ein paar Glatzköpfe, selbst die interessieren sich mehr für die Wehrmachtsgeschichte.»

Heino hat urplötzlich eine Idee.

«Komm pack zusammen, wir fahren zum Flughafen!», ruft er Jörg zu, und verräumt das angesehene Kartenmaterial wieder in die Regale.

Eine Stunde später sind sie auf dem Weg zum Flugplatz Stade. Vor der Schranke an der Einfahrt zum Flugplatz ist erst einmal Schluss.

«Abgeschlossen!», flucht Kriminalkommissar Merkens, der ausgestiegen war, um den Schlagbaum zu öffnen.

Zu Fuß machen sie sich auf den Weg zum Hangar, dort steht ein Pkw, es muss jemand vor Ort sein. In den Betriebsräumen des Hangars werden sie fündig. Ein halbwüchsiger Bursche schraubt an einem alten Pkw herum, der dazu dient das Zugseil für die Segelflugzeuge von der Winde zu ziehen.

«Hallo, was kann ich für Euch tun?», fragt er und wischt sich die ölverschmierten Hände mit einem alten Lappen ab.

Kriminalhauptkommissar Kleinemeier weist sich aus und stellt seinen Kollegen vor.

«Ich war jüngst bei eurem Flugtag hier und habe im Beechcafé mit einem älteren Herrn gesprochen, der hier schon jahrelang Mitglied ist. Kannst du uns sagen, wo wir den finden?»

Heino ist beim Lockeren du geblieben und schaut den
Burschen an.

«Ah ich weiß, wen Sie meinen, das ist Herr Thomforde, wir
nennen ihn hier Kalle. Den finden Sie um diese Zeit beim
Mittagstisch im Snack am Eck, an der Carl-Benz-Straße im
Gewerbegebiet, gleich bei Fliesen-Braun. Gute Küche dort»,
empfiehlt er den Mittagstisch.

Da Heino und Jörg nicht zu Mittag gegessen haben,
verabschieden sie sich von dem Schrauber und fahren zum
Snack am Eck, nach Ottenbeck.
Herr Thomforde, den Heino Kleinemeier sofort wiedererkennt,
sitzt mit einigen Arbeitern an einem ovalen Tisch beim
Mittagessen und hält schon wieder einen Vortrag über die
Fliegerei. Kriminalhauptkommissar Kleinemeier hat den
Eindruck, dass die Arbeiter am Tisch froh sind, wie er den
Redefluss des Herrn unterbricht und um ein Gespräch bittet.
Herr Thomforde, der mit seinem Mittagstisch fertig ist, steht
auf und sie setzen sich an einen anderen Tisch ans Fenster,
hier sind sie ungestört.
Kriminalhauptkommissar Heino Kleinemeier zeigt diskret
seinen Ausweis und stellt seinen Kollegen vor.
Herr Thomforde bietet, nachdem Heino ihm sein Anliegen
vorgetragen hat, sofort seine Hilfe an. Lange sprechen sie über
die ehemaligen Bunkeranlagen.
Herr Thomforde weiß sehr viel von den damaligen Bunkern
und empfiehlt, dass sie dort hingehen, wo ehemals einer der
Einstiege in das Bunkersystem war. Gesagt getan, an der alten
Airbushalle stoppen sie ihre Fahrzeuge und Kalle Thomforde
hastet mit ihnen zu einem alten Reststück einer Kellerruine.

Halsabschneider, c 2021 Klaus-Dieter Budde

«Hier, dort war der damalige Einstieg, den hat man in den sechziger Jahren gesprengt», erklärt er. «Angeblich hat man auch den Stollen zum Bunker gesprengt, nichts Genaues weiß man nicht», mutmaßt Thomforde.

Er erklärt, auf Nachfrage von Kriminalkommissar Jörg Merkens, das die damaligen Arbeiter, die die Zugänge in der Tiefe zumauerten, um danach den Eingang zu sprengen, Schiss hatten, dass da Sprengfallen versteckt waren.

«Ich glaube nicht daran, dass die alles zugemauert haben,» sagt er.

Gemeinsam schlendern sie zurück zu ihren Fahrzeugen. Die Kriminalen bedanken sich artig bei Herrn Thomforde, der verspricht am Nachmittag in der Teichstraße vorbei zu schauen und das Kartenmaterial vorbei zu bringen, welches er zuhause hat. Kriminalhauptkommissar Kleinemeier lässt ein Team der Spurensicherung kommen, um Proben von den Bunkerresten zu sammeln. Er verspricht sich nicht viel davon, aber es ist ja nur der Anfang.

Kleinemeier will, dass ein Team von Spezialisten den ganzen ehemaligen Flugplatz nach einem möglichen Bunker absucht. Es muss eine Lösung geben und sein Bauchgefühl sagt ihm, das er der Lösung nahe ist.

Nach Einweisung der Spurensicherung, mittlerweile ist es 16:00 Uhr, verlassen Heino Kleinemeier und Jörg Merkens den alten Flugplatz und fahren in die Stadt. Sie haben immer noch nicht zu Mittag gegessen, Heino fährt auf den Parkplatz einer amerikanischen Fast-Food-Kette, Merkens nickt und gemeinsam stiefeln sie in den Laden. Bei Cola und Burger beraten sie, wie es weitergeht.

*

Das Spanferkelessen auf der Finca von Comisario Santos war einsame Spitze, bis spät in die Nacht haben sie am Lagerfeuer gesessen und den Abend bei Rotwein und dem besten Spanferkel, welches sie je gegessen haben, genossen.

Jetzt sitzen beide leicht angeschlagen im Flieger nach Hamburg. Kriminaloberkommissarin Vivian Steffens nuckelt lange an einem mittlerweile warmen Tomatensaft herum.

Kriminalkommissar Manuel Pieper der seine dritte Cola light getrunken hat, hält sich einen Eisbeutel in den Nacken, den er von einer netten Flugbegleiterin bekam.

Beide tragen dunkle Sonnenbrillen, um die Augen vor dem grellen Kunstlicht im Flieger zu schützen. Vivian Steffens denkt über den Wert ihrer Dienstreise nach.

Die Tat und die Wahl des Ablageortes des Opfers sind absolut vergleichbar, der Beruf des Opfers passt in das Portfolio des Stader Täters.

Leider haben die spanischen Ermittler früh die Flinte ins Korn geworfen und den Fall ad acta gelegt. Comisario Santos hat das bedauernd zugegeben. Bei genauerer Recherche der Spanier hätte man den Täter fassen können, wertet die Kriminaloberkommissarin.

Nach der Landung in Hamburg fahren sie, nun ohne Sonnenbrillen, sofort zu ihrer Dienststelle nach Stade und berichten von ihrem schweren Einsatz auf der Baleareninsel.

Keiner ihrer Kollegen glaubt das, alle gönnen den beiden diesen Einsatz und halten sich mit blöden Kommentaren zurück.

Vivian lässt Manuel das Ergebnis der Dienstreise vortragen, er macht das bemerkenswert und sein Standing bei den Kollegen, steigt um einiges.

Halsabschneider, c 2021 Klaus-Dieter Budde

Staatsanwalt Gunnar Zipperlein der sich den Bericht mit angehört hat, nickt und bedankt sich für den selbstlosen Einsatz der beiden. Mit einem breiten Grinsen verlässt er den Raum.

«Der kann mich doch mal», schimpft Vivian und geht an ihren Arbeitsplatz.

Halsabschneider, c 2021 Klaus-Dieter Budde

Kapitel 6

Ein paar Tage später 04:30 Uhr. A1, Autobahnrastplatz Hatzte.
Die 34-jährige Änne zu Hofen, lenkt ihren Porsche Carrera auf
den Parkplatz vor dem Toilettenhäuschen. Die aufstrebende
Investmentbankerin einer online Bank, hat es eilig und gerade
jetzt drückt der Kaffee auf die Blase, den sie heute Morgen an
einer Raststätte getrunken hat. Sie eilt zur Toilette. Im
Augenwinkel sieht sie, wie ein Leichenwagen auf den Rastplatz
fährt.
Auf das Händewaschen verzichtet Änne, das Waschbecken
sieht ekeliger aus wie die Toilette, das kann man nicht
benutzen. *Ich habe ja Feuchttücher im Wagen,* überlegt Änne
zu Hofen und verlässt die Toilettenanlage wieder.
Gerade wie sie draußen tief durchatmen will, um den
unerträglichen Gestank loszuwerden, drückt ihr jemand ein
Tuch vors Gesicht. Änne ist trotz heftiger Gegenwehr
innerhalb einer Minute im Tal der Träume.

Adelhard schleppt die Frau zügig zu seinem Camper und wirft
sie, nachdem er sie gefesselt hat, in den Wagen. Er ist stinkig,
die Dame hat ihn verletzt, er hat eine enorme Schramme im
Gesicht. Vom Kinn bis unter das linke Auge, es blutet heftig.
Adelhard reinigt die Wunde mit Desinfektionsmittel und klebt
zwei Pflaster auf die Wunde.
Das muss reichen, findet er und fährt mit seinem Opfer nach
Stade. Den Porsche Carrera S4 Cabrio, lässt er stehen, Autos
faszinieren ihn weniger.

Halsabschneider, c 2021 Klaus-Dieter Budde

Adelhard hat die Bankerin auf ihrem Weg zur Arbeit abgepasst. Das war nur mit der Unterstützung eines Privatermittlers möglich, da Änne zu Hofen im Ausland arbeitet und nur selten in der Heimat ist.

In Ottenbeck sediert er sein Opfer für den Transport in den Bunker. Noch eine Überraschung von der Kratzbürste will er vermeiden. Als die Dame hinter Schloss und Riegel ist, entspannt Adelhard sich wieder.

Da es dauert, bis Änne zu Hofen wieder wach ist, entschließt er sich zum Krankenhaus zu fahren, um seine Wunde behandeln zu lassen. Adelhard bringt den Camper wieder in den Harschenflether Weg und fährt mit dem Rad zur Notaufnahme ins Elbeklinikum. Da heute Sonntag ist, muss er sich hier behandeln lassen, normal ist er kein Freund davon, die Notaufnahme mit Bagatellschäden zu blockieren.

*

Änne zu Hofen wird langsam wieder wach, ohne die Augen zu öffnen, versucht sie zu ergründen, wo sie sich befindet.

Es riecht wie in einem Krankenhaus nach Desinfektionsmittel, langsam ohne sich zu bewegen, öffnet sie ihre Augen, es dauert, bis sie sich an die diffuse Notbeleuchtung gewöhnt hat. Sie schaut sich um, sie befindet sich in einer Zelle mit offener Gitterfront zu einer Art Behandlungsraum oder Behelfs-OP, Änne lässt ihren Blick über die metallenen OP-Möbel schweifen und erschrickt. Da sind in einer Vitrine aus Edelstahl, Köpfe in voluminösen Kugelgläsern ausgestellt. Ob die echt sind? Änne zu Hofen schaudert bei dem Gedanken. In dem diffusen bläulichen Lichtschein der Vitrine kann sie keine Einzelheiten erkennen. Was hat das alles zu bedeuten? Erpresst da jemand Lösegeld, oder ist es ein Racheakt irgendeines Kunden? Sie weiß es nicht. Änne zu Hofen ist eine gradlinige Frau, klar in der Analyse und beliebt bei ihren Kunden. Sie hat am Anfang ihrer Bankerkarriere einen Fehler begangen. Durch ihre Falschberatung ging das Kapital eines Rentnerehepaares verloren. Änne hat nach einer internen Absprache dem Paar, das Geld auf Heller und Pfennig zurückgezahlt. In der Öffentlichkeit stellte man sie für die falsche Beratung heftig an den Pranger. Dass sie den Geldbetrag ausglich, interessierte die Boulevardpresse, allen voran die Blödzeitung, nicht mehr. Der Fall war nicht mehr aktuell und demzufolge für die Leserschaft dieser Blätter nicht mehr von Interesse, hieß es vonseiten der Redakteure.

Ob es damit zusammenhängt? Änne kann sich das nicht vorstellen, sie hat heute wie ehedem ein ausgezeichnetes Verhältnis zu den beiden Rentnern. Änne versucht, die Gitter zu bewegen, da ist nirgends Spiel, die sitzen bombenfest. Außer zwei Wasserflaschen hat der Kidnapper ihr ein paar Äpfel dagelassen. Änne schaut sich genauer in der Zelle um, da ist eine unbequeme Pritsche, zwei Plastikstühle und ein Porta-Potti, eine Chemietoilette. Änne kennt das Ding vom Campingurlaub ihrer Eltern. Sehr spartanisch, stellt Änne von Hofen fest und denkt sich, *dass hier ist nicht für einen längeren Aufenthalt eingerichtet.*

*

Kriminalhauptkommissar Heino Kleinemeier schaut sich auf seinem Rechner das Kartenmaterial von Kalle an. Kalle Thomforde der Flugplatzveteran, hat die Karten digitalisieren lassen. Das hat den Vorteil, dass Heino eine Karte von heute über das alte Kartenmaterial legen kann. So sieht er, wo es Veränderungen gibt und wo er nach möglichen Einschlüpfen in das alte Bunkersystem, wenn es den einen gibt, suchen muss. Heino kennzeichnet sich die ein oder andere Stelle elektronisch an und druckt die gekennzeichneten Kartenausschnitte aus. Mit Jörg Merkens arbeitet er alles akribisch durch, denn Jörg hat den Auftrag, morgen früh, mit einem Hundeführer und zwei Beamte der unterstützenden Bundespolizei, diese Orte absuchen.

Kriminaloberkommissarin Vivian Steffens sucht nach Schnittstellen bei allen sechs Opfern, außer dass die sechs in verwandten Berufen arbeiteten, zeichnet sie ihr korruptes Geschäftsgebaren aus. Kontakte untereinander waren eher zufällig und können vernachlässigt werden. Der Täter ist hier auf einem Rachefeldzug, nicht gegen die Opfer persönlich, sondern gegen ihre korrupten Geschäfte. Die Opfer haben ältere Menschen oder Rentner um ihre Existenz gebracht. Das ist ein Ansatz.

Vivian beschließt, dass sie da Kriminalkommissar Manuel Pieper drauf ansetzt. Sie ruft Manuel zu sich und erklärt ihm ihr Ansinnen. Pieper ist sofort Feuer und Flamme und setzt sich gleich an seinen Computer, um mit der Recherchearbeit zu beginnen. *Ehrgeiz hat er ja*, denkt Vivian und kann sich ein Grinsen nicht verkneifen. Das gesamte Ermittlerteam der Sonderkommission Golfplatz ist dabei den Täter aufzuspüren, sie wollen auf jeden Fall verhindern das es weitere Opfer gibt, dafür opfern sie oft ihre Freizeit und stellen ihr Familienleben hinten an.

Ein Außen-Team klappert Investmentbanker ab, um ein Bild von der Arbeit dieser Klientel zu gewinnen und stellen immer wieder fest, dass dort die Schwelle zum Betrug gering ist. Selbst die Banker sind sich nicht jederzeit sicher, was sie da vermitteln, verlassen sich oft auf die Prognosen von Computerprogrammen.

*

Adelhard Meents ist zufrieden, eine Ärztin in der Notaufnahme hat seine Wunde gereinigt und mit Klammerpflaster geschlossen. Der Arztbericht, den er mitbekommt, ist nicht korrekt. Da hat man mit Pace and copy gearbeitet, denn im Aufnahmetext stimmt sein Name, in der Zusammenfassung der Ärztin steht ein anderer.
Adelhard führt das auf die geringen Deutschkenntnisse der jungen Ärztin zurück. Sie hat ihm eine Salbe mitgegeben für die Narbenbehandlung, damit nichts zurückbleibt. Nett war sie ja, findet Adelhard und fährt mit dem Fahrrad nachhause.

Nach einem mageren Mittagessen und anschließender Mittagsstunde auf seiner Komfortliege, macht er sich auf den Weg in den Bunker. Änne zu Hofen liegt, wie er sie hingelegt hatte auf der Pritsche, *die Betäubung war zu heftig*, denkt sich Adelhard und beugt sich über die Schlafende zu Hofen. Unvermittelt trifft ihn ein fürchterlicher Schlag an der Schläfe, bevor Adelhard reagieren kann, fällt er um.

Änne zu Hofen springt auf und rennt, was sie kann in den Stollen, aus dem Adelhard gekommen ist. Ihr Herz rast, sie rennt um ihr Leben, das weiß sie. An der Stahltür ist Schluss mit der Flucht. Abgeschlossen! Rasch eilt Änne zurück, wenn sie Glück hat, ist der Täter noch nicht wieder bei Bewusstsein, sie hat kräftig zugelangt. Wie sie in den OP-Raum kommt, sieht sie, dass sie zu spät ist, der Täter erwacht und schüttelt sich wie ein nasser Hund um wieder klar zu werden.

Änne hastet in die andere Richtung, dort hat sie hinter einem Paravent eine Tür erspäht. Die Tür ist unverschlossen, erleichtert schlüpft sie hinein. Änne zu Hofen sieht sich um, hier ist es stockfinster, man kann die Hand nicht vor den Augen sehen, es riecht nach Moder und ein stechender süßlicher Geruch erfüllt den Raum. Änne ertastet ihr Umfeld und stellt fest, dass sie sich in einem Stollen befindet, sie entschließt sich, auf allen vieren dem unterirdischen Gang zu folgen.

Adelhard erwacht und schüttelt sich, um wieder zu Verstand zu kommen. Er ist wie vom Donner gerührt, solch einen heftigen Schlag hat er nicht erwartet, er war in dem Glauben, dass sein Opfer schläft. Nach kurzer Erholung macht er sich mit seinem Elektroschocker auf den Weg, Änne zu Hofen zu suchen. Weit kann sie nicht sein, denn er hat wie immer die Stahltür zu seinem Keller abgeschlossen. Seinen Schlüssel hat er noch, daran erkennt Adelhard das zu Hofen in Panik und nicht kontrolliert geflohen ist, sonst hätte sie den Schlüssel und er säße in der Zelle. Adelhard lächelt, *dumm* denkt er, *sehr dumm.*

Langsam schreitet er zum Ausgang, er rechnet jederzeit mit Änne zu Hofen, wird aber enttäuscht, zu Hofen ist nicht dort. Er eilt zurück. Die war doch nicht, Adelhard will den Satz nicht zu Ende denken. Sie ist nach Lage der Dinge in den alten Stollen gelangt, hätte er dort doch eine Stahltür eingebaut.

Adelhard holt seine Taschenlampe und macht sich auf die Suche nach Änne zu Hofen. Er ärgert sich jetzt, dass er den Gang gründlich gesäubert hat, es sind keinerlei Spuren zu sehen, hätte er die Staubschicht belassen, wäre alles unproblematischer. Adelhard sucht überall, kann Änne zu Hofen nirgends entdecken. Da es viele verwinkelte Nebengänge gibt, in denen er den ganzen Unrat, der im Wege gestanden hat, sowie das Verpackungsmaterial seiner OP-Ausstattung verstaut hat, ist es schier unmöglich, alles abzusuchen. Adelhard hat eine Idee und eilt zurück in seinen Bunker. Er verschließt die Tür und sichert sie mit zwei Vierkanthölzern, die er aus dem Stollen mitgebracht hat, gegen das Öffnen von außen ab.

Er hastet die Treppe hinauf in seine Wohnung und packt sich seinen Rucksack. So ausgerüstet wandert er zu Fuß auf den alten Standortübungsplatz.

Adelhard schleicht sich, nachdem er unbemerkt über den Zaun der Gallowayweide geklettert ist, zu seinem Notausgang, an der alten Betonwand. Hier setzt er sich auf einen modrigen Baumstumpf, schenkt sich einen Tee ein und wartet. Adelhard weiß, wenn Änne zu Hofen halbwegs clever ist, wird sie hier auftauchen, denn es ist die einzige Möglichkeit aus dem Bunkersystem zu entkommen.

*

Änne zu Hofen hört ihren Kidnapper kommen, der lange Lichtstrahl einer Taschenlampe erhellt jäh den Stollen. Gewandt gleitet sie in einen Nebenstollen und versteckt sich hinter einer alten Palette. Der Täter eilt suchend vorbei, Änne wartet in ihrem Versteck. Kurz denkt sie darüber nach, ob sie zurück in den Bunker laufen soll, verwirft die Idee jedoch

Halsabschneider, c 2021 Klaus-Dieter Budde

wieder. Ihren Herzschlag spürt sie übermächtig, sie versucht, flach zu atmen, was in der Aufregung nicht immer gelingt. Er kommt zurück, sie hört deutlich seine Schritte. Er rennt vorbei, Änne hört, wie er die Tür verbarrikadiert, dann ist es still.

Änne wartet eine halbe Stunde ab und macht sich auf die Suche nach einem Ausgang. Sie ist abgeklärt, Panik das weiß sie, ist ein ungünstiger Begleiter. Stollen für Stollen tastet sie ab, alle enden entweder im nirgends, weil sie am Ende verschüttet sind, oder sie enden in kleinen Räumen, in denen marode Bänke stehen. Da Änne nicht weiß, wo sie sich befindet, hat sie keinerlei Fantasie, was das hier ist. Nach ca. fünf Stunden hat sie das Ende des Hauptganges erreicht. Sie tastet alles ab und ertastet eine Art Strickleiter. Die Leiter ist stabiler wie die Strickleitern, die sie kennt. Mit enormer Anstrengung klettert sie hinauf, gleichzeitig ertastet sie dabei ihr Umfeld. Sie schaut nach oben und kann den Sternenhimmel erkennen. Noch einen halben Meter und sie hat den Ausgang erreicht. Erleichtert atmet sie die frische Luft ein, die in den Ausschlupf hineinzieht. Mit letzter Kraft schafft sie es, sich aus dem engen Ausschlupf zu zwängen. Oben bleibt sie erschöpft auf dem Boden liegen. Sie hat es geschafft. Unvermittelt spürt sie einen heftigen Einstich an ihrem Oberschenkel, was war das? Änne schaut auf und sieht einen Schatten über sich, dann wird es schwarz vor ihren Augen.
«Habe ich Dich!», sagt Adelhard kaum vernehmbar und stößt zu Hofen zurück in den Stollen.
Er verwischt alle Spuren und wandert mit seinem Rucksack

wieder in die Wohnung zurück. Über fünf Stunden hat er gewartet, es hat sich gelohnt, sein Plan ist aufgegangen.
Sofort hechtet er in den Bunker. Nachdem die Tür wieder freigeräumt ist, arbeitet er sich mit einer lichtstarken Kopfleuchte in den Stollen vor und holt Änne zu Hofen zurück in den Bunker. Sofort legt er sie auf den Seziertisch und richtet ihren Körper, nachdem er sie entkleidet hat, zum Schächten aus. Als er sie am Tisch gefesselt hat, spritzt er ihr das Antisedativum, um sie in diese Welt zurückzuholen.
Daraufhin geht er in seine Wohnung und brüht sich einen Ostfriesentee auf, er liebt diesen Tee und kann ihn auch nachts genießen. Mit Kluntje und einer Wolke feiner Sahne ist das der reinste Genuss. Mit vollem Teebecher begibt er sich auf den Weg zurück, um seinen Auftrag zu beenden.
Adelhard hat sich vorgenommen, dass das heute die letzte Schächtung ist, genug ist genug, sagt er sich.
Er will den Rest seines Lebens mit Jana verbringen.

Im Bunker ist Änne zu Hofen wieder bei Bewusstsein. Ängstlich schaut sie zu Adelhard, der seitlich von ihr mit seinem Teebecher steht und sie stumm betrachtet. *Viel zu jung,* denkt Adelhard. Was solls, sie hat betrogen und muss dafür büßen. Er liest Änne die Anschuldigung und das Urteil empathielos vor. Änne sieht ihn erschrocken an.
«Ich habe denen alles auf Heller und Pfennig zurückgezahlt!», ruft sie verzweifelt.
Adelhard stutzt kurz, greift das Schächtmesser und treibt Änne zu Hofen die scharfe Klinge durch die Weichteile ihres Halses. Ein gutturales Röcheln, das Adelhard bei seinen anderen Opfern nicht wahrgenommen hat, ist das letzte, was Änne zu

Hofen von sich gibt.

Änne zu Hofen hat sich bis zum Schluss gewehrt, bei seinen bisherigen Opfern war es so, dass sie sich in ihr Schicksal ergaben. *Ist es wirklich so, dass sie das Geld zurückgezahlt hat, war das hier ein massiver Fehler,* überlegt Adelhard und nimmt sich vor, das zu prüfen.

*

Kriminalkommissar Jörg Merkens ist mit seiner Truppe fast fertig, sie haben den kompletten alten Flughafen nach möglichen Einstiegen durchforstet, nichts ist dort zu finden. Wenn sie denken, da ist ein Einstieg, ist nach wenigen Metern Schluss.

«Alles einwandfrei gesprengt!», sagt er in der letzten Vorbereitung und schickt die beiden Fachkräfte der Bundespolizei zu ihrem letzten Marker auf der Karte.

«Wenn da nichts ist, stellen wir die Suche ein, es hat ehrlich gesagt keinen Zweck mehr», sagt Merkens.

Die beiden Bundespolizisten begeben sich auf den Weg. Auf der Fahrt nach Ottenbeck überlegen sie, wie sie die Rinderherde umgehen. Der Bauer hat ihnen zwar gesagt das die Viecher nichts tun, aber sie sind Stadtmenschen und haben großen Respekt vor den Galloways. Zusammen machen sie sich mit der Karte auf den Weg. Sie steigen über den fünffachen Stacheldrahtzaun und Folgen der Karte. Nach geraumer Zeit bemerken sie, dass die Rinder aufmerksam werden und sie zuerst mit Blicken aus der Entfernung verfolgen, später folgen die Rinder in einem geringen Abstand.

«Wenn die näher kommen, hau ich ab!», sagt einer der Beamte.

Halsabschneider, c 2021 Klaus-Dieter Budde

«Hab dich nicht so», antwortet der andere, obwohl er das Gleiche denkt.

Kurz bevor sie an der markierten Stelle sind, rücken ihnen die Galloways auf den Pelz.

«Schau, da ist nichts zu sehen, lass uns umdrehen», sagt der eine.

«Ok, das sehe ich genauso, da ist nichts außer einem alten Mauerrest», sagt der andere und gemeinsam treten sie den Rückweg an.

Nun kommen die Rinder richtig nahe heran, die Bundespolizisten geben Hackengas und rennen, was die Schuhe hergeben auf den Stacheldrahtzaun zu.

Die Galloways haben Spaß und folgen den beiden im Galopp.

Mit letzter Kraft hechten die Polizisten über den Zaun. Einer zerreißt sich bei der Aktion die Hosen. Fluchend verlassen sie den Ort ihrer Schmach und schleichen, allzeit darauf bedacht niemanden zu treffen, zu ihrem Dienstwagen. In ihrem Bericht steht später, dass dieser Zugang sich als, blind Door dargestellt hat.

*

Eine Woche später, Katharina Müller eine 33-jährige Krankenschwester vom Elbeklinikum, geht in ihrer Mittagspause am Schwarzen Berg in der Nähe des Klinikums spazieren, das tut sie in jeder Mittagspause. Hier im Wald in der Ruhe kann sie sich von den Strapazen des Klinikbetriebes herrlich erholen. Eine halbe Stunde und sie hat wieder Kraft für den Rest ihrer Schicht. Sie denkt darüber nach, ob sie sich einem ihrer Patienten gegenüber redlich verhalten hat. Dieser hat sie unflätig angemotzt und als, Urinschubse tituliert, daraufhin hat sie ihn als eingebildetes Arschloch bezeichnet.

Halsabschneider, c 2021 Klaus-Dieter Budde

Katharina wähnt sich im Recht, ist jedoch bange, ob ihre Vorgesetzten das ebenso sehen. Der Patient hat sich bisher nicht beschwert, aber vielleicht kommt das noch, überlegt die Krankenschwester und schlendert durch den Wald.

An einer Biegung des Trampelpfades sieht sie einen nackten Fuß aus dem Unterholz hervorschauen, da sie denkt, dass dort jemand gestolpert ist, tritt sie näher um zu helfen. Dann erschrickt sie! Mit einem Blick erkennt sie, dass hier ein Verbrechen passiert ist, und ruft mit ihrem Smartphone die Polizei.

*

Dr. Grit Birkenfels schaut auf, wie sie Kriminalhauptkommissar Kleinemeier kommen hört.

«Bevor du fragst, ja es war derselbe Täter, das kann ich sagen.»

Heino Kleinemeier blickt auf das Opfer herab.

«Eine junge Frau dieses Mal», stellt er fest.

«Ja, ich schätze um die dreißig vielleicht etwas älter», bestätigt Dr. Birkenfels seine Äußerung.

Da die Spurensicherung den ganzen schwarzen Berg gesperrt hat, um nach Spuren zu suchen, wuselt überall Personal in weißen Overalls herum. Heino bedankt sich bei Dr. Birkenfels und verlässt den Berg in Richtung Elbeklinikum, dort will er die Krankenschwester treffen, die die Tote gefunden hat.

Auf halber Strecke quälen sich zwei Mitarbeiter der Rechtsmedizin mit einem Kunststoffsarg den Berg hinauf.

«Ist es weit?», fragt einer der Träger.

Heino zeigt ihnen kurz den Weg und macht sich an den Abstieg. Im Krankenhaus fragt er sich zu der Krankenschwester durch, diese hat nach der Mittagspause wieder ihren Dienst

133

angetreten. Katharina Müller kommt ihm auf dem Flur ihrer Station entgegen und lotst ihn ins Schwesternzimmer.

Hier erklärt sie Kriminalhauptkommissar Kleinemeier, was sich ereignet hat und wie sie die Tote entdeckt hat. Sie spricht mit ihm auch von ihrem Problem mit einem Patienten.

«Wegen dem habe ich das alles erst spät gesehen, ich war unaufmerksam, kann Ihnen nicht sagen, ob dort jemand gelaufen ist», berichtet sie aufgeregt.

«Wenn ich Pech habe, meiert der mich an und ich bin hier meinen Job los.»

Heino beruhigt die Krankenschwester und lässt sich von ihr das Zimmer dieses unflätigen Patienten zeigen. Er tritt hinein, weist sich aus und spricht ein paar deutliche Worte mit dem Herrn. Wie er wieder hinaus kommt, sagt er zu Schwester Müller: «Er möchte Sie sprechen, gehen Sie zu ihm, ich warte hier.»

Ein paar Minuten später kommt die Schwester hinaus und staunt: «Der hat sich bei mir entschuldigt und gesagt das er das nie wieder macht. Wie haben Sie das geschafft?»

«Das bleibt mein Geheimnis», sagt Heino lächelnd und bittet die Schwester, nach Dienst in der Teichstraße fürs Protokoll vorbeizukommen.

Die Schwester strahlt, «ja klar, da komm ich gerne», sagt sie und kniet sich wieder in ihren harten Job.

*

Das Rentnerehepaar Karl und Ella Wieters sind von Änne zu Hofen entschädigt worden, so viel hat Adelhard herausbekommen. Er hat die beiden Alten in ihrer Senioren-Residenz in Harburg aufgesucht und sich als

Bankangestellter ausgegeben der Altlasten bearbeitet, bereitwillig geben die beiden ihm Auskunft. Sie berichten, dass Änne zu Hofen sie oft hier besucht und jedes Mal einen selbst gebackenen Kuchen mitbringt.

«Ja, da ist über die Jahre eine richtige Freundschaft gewachsen», berichtet Ella Wieters und ihr Gatte nickt.

Adelhard verabschiedet sich und dankt für die Auskunft, mit hängenden Schultern schleicht er zu seinem Wagen und fährt zurück nach Ottenbeck. Dort setzt er sich vor die Flimmerkiste und trinkt einen Rotwein nach dem anderen, bis er nicht mehr kann und ins Bett wankt. In der Nacht träumt er von Änne zu Hofen, wie sie von oben auf ihn niederschaut und verächtlich lacht.

Sie hat ja Recht! Sinniert Adelhard, der am nächsten Morgen verkatert im Bett liegt und über den Traum nachdenkt.

«Ich habe scheiße gebaut, das muss ich wiedergutmachen», spricht er tonlos vor sich hin und steht auf.

Zwei Investmentmenschen hat er noch in seinem Notizbuch stehen, die opfert er zum Ausgleich für Änne. Unter der Dusche sinnt er über seine Vorgehensweise nach.

*

«Kein Ergebnis bei der Printabfrage», berichtet Vivian, die soeben den Telefonhörer auflegt.

«Wer ist die Frau?», Heino Kleinemeier gibt Order, die Vermissten der letzten zwei Wochen zu checken, es muss doch jemand die Frau vermissen.

Gegen Mittag die Erlösung. In Winsen an der Luhe wird eine Bankmanagerin vermisst. Kriminalhauptkommissar Kleinemeier und Kriminalkommissar Merkens fahren sofort dorthin.

«Hier Eppens Allee, das ist es.» Heino lenkt den Dienstwagen auf die Auffahrt eines Mehrfamilienhauses.

«Da, Änne zu Hofen», sagt Heino und zeigt auf das Klingelschild.

Nachdem sie ein paarmal erfolglos geklingelt haben, lassen sie die Tür durch den Hausmeister, der neugierig herangekommen war, mit einem Drittschlüssel öffnen. In der Wohnung sieht alles ordentlich und aufgeräumt aus.

Heino steckt eine Haarbürste und ein paar Fotos der vermissten Frau ein. Sie lassen die Wohnung wieder verschließen und versiegeln die Tür.

«Wenn die Frau zu Hofen zurückkommt, dann soll sie bitte, bevor sie ihre Tür öffnet, unter dieser Nummer Rücksprache mit uns halten», sagen sie dem Hausmeister und überreichen ihre Visitenkarte.

Mit Haarbürste und Fotos fahren sie zurück nach Stade und übergeben die Bürste der Rechtsmedizin. Diese stellt später fest, dass es sich bei der Toten um Änne zu Hofen handelt.

Vivian und Jörg fahren nochmal zu ihrer Wohnung nach Winsen an der Luhe, dort treffen sie sich mit der Winsener Kripo.

«Hoffentlich sind die nicht angepisst», mault Kriminalkommissar Merkens herum, als er erfährt, dass die Winsener mit im Boot sind.

«Keine Angst, ich habe mit denen gesprochen. Die sind froh, wenn wir ihnen den Fall abnehmen, haben selbst genug Arbeit», beschwichtigt Vivian ihren Kollegen.

Halsabschneider, c 2021 Klaus-Dieter Budde

Kriminalhauptkommissar Kleinemeier telefoniert derweil mit dem Arbeitgeber der Toten, einer Onlinebank aus der Schweiz. Ihr Vorgesetzter teilt Heino alles mit, was er über seine Angestellte weiß. Unter anderem hat sie in ihrer Vergangenheit am Anfang ihrer Bankerkarriere einen Fehler begangen. Durch ihre Falschberatung ging das Kapital eines Rentnerehepaares verloren. Änne hat in einer internen Absprache mit der Bank, den alten Leuten das Geld auf Heller und Pfennig zurückgezahlt. Heute ist sie eine aufstrebende Investmentbankerin, gradlinig und exakt in der Analyse und absolut korrekt in ihrem Handeln.

«Was ist denn mit Änne zu Hofen?», will der Bankdirektor wissen, «sie ist nach ihrem Urlaub bereits eine Woche überfällig. Hatte sie einen Unfall?»

«Nein, sie hatte keinen Unfall, sie ist ermordet worden», teilt Heino Kleinemeier dem Direktor der Onlinebank mit.

Später wie der Herr sich wieder im Griff hat, gibt er Heino die Adresse der beiden Alten, die von Änne zu Hofen ihr Geld zurückbekommen haben. Heino bedankt sich für die Auskünfte und beendet das Gespräch.

Der Kriminalhauptkommissar steht auf, eilt zu Manuel Pieper und sagt: «Manuel ich bin weg, du hast hier im Moment das Ganze. Wenn was ist, ruf mich an.»

Manuel starrt ihn an und nickt. Das sieht Heino nicht mehr, der ist schon auf dem Weg zu seinem Dienstwagen.

Kriminaloberkommissarin Vivian Steffens und Kriminalkommissar Jörg Merkens durchsuchen, mit einem Kollegen aus Winsen an der Luhe, die Wohnung der zu Hofen. Außer ein paar bemerkenswerten Dessous kann Jörg Merkens nichts von Bedeutung entdecken. Vivian, die sich nicht nur auf die Unterwäsche des Opfers konzentriert, ist da erfolgreicher. Sie hat ein ganzes Bündel mit Briefen gefunden, aus denen hervorgeht, dass Änne zu Hofen einmal in ihrem Job geirrt hat. Im Schriftverkehr, den sie mit ihren Opfern führte, entschuldigt sie sich und bietet an das Geld auf Heller und Pfennig aus ihrer Privatschatulle zurückzuzahlen.

Die Adressaten stimmten dem zu und verzichten auf eine Anzeige. Aus weiterem Schriftverkehr kann man eine wachsende Freundschaft erkennen, es war in den Briefen von gegenseitigen Besuchen die Rede. Vivian nimmt das Briefbündel an sich.

Am frühen Nachmittag verlassen sie die Wohnung des Opfers. Später fährt Jörg Merkens rasant auf den Parkplatz einer Seniorenresidenz in Harburg, Vivian schaut ihn vorwurfsvoll an.

«Das ist hier ein Seniorenstift und nicht der Nürburgring!», schimpft sie und weist auf die Schilder, die 10 km/h ausweisen.

Kriminalkommissar Merkens hört nicht zu, sondern zeigt auf ein Fahrzeug, welches gegenüber abgestellt ist. Vivian staunt nicht schlecht, da steht der Dienstwagen von Kriminalhauptkommissar Heino Kleinemeier, obwohl er in der Teichstraße in Stade sein sollte.

«Warten wir hier auf Heino, bringt ja nichts, wenn wir da auch noch hineingehen», sagt Vivian Steffens und stellt sich die Rückenlehne bequem ein.

*

Adelhard Meents steht am Einlass des großen Saals der Elbphilharmonie, zärtlich schiebt er Jana von Klippersdorf vor

Halsabschneider, c 2021 Klaus-Dieter Budde

sich her, um sie vor den Dränglern in der Reihe zu schützen. Diese Art Menschen, die selbst wenn sie Platzkarten haben, nicht schnell genug hineinkönnen, wird er nie verstehen. Egoisten die nur sich selbst sehen und rücksichtslos gegenüber ihren Mitmenschen den eigenen Vorteil suchen.

«Reg dich nicht auf», flüstert Jana ihm ins Ohr und lächelt ihn an.

Heute spielt das Philharmonia-Orchestra aus London unter der Leitung von Esa-Pekka Salonen. Auf dem Programm steht Gustav Mahlers neunte Sinfonie, das letzte vollendete Werk des Komponisten. Jana und Adelhard hatten Glück und auf der Warteliste Karten abbekommen, die jemand zurückgegeben hat. Sie freuen sich unbändig auf dieses Konzert, es ist seit langem wieder ein gemeinsamer Abend, den sie genießen.

In der Pause gönnen sie sich ein Gläschen Champagner, sie sind noch ganz geplättet von der anspruchsvollen Darbietung des Mahler-Werkes, sprechen wenig, beobachten die Menschen drumherum.

«Lass uns wieder hineingehen», drängt Adelhard, wie der erste Gong das Ende der Pause einläutet.

Die zweite Hälfte ist geprägt von eher berührenden, ruhigen Passagen und heftigen Gefühlsausbrüchen, Adelhard schluckt das ein oder andere Mal vor innerer Zerrissenheit und wischt sich hin und wieder verstohlen eine Träne weg. Jana, die das bemerkt, ist stolz auf Adelhard, ein richtiges Seelchen, empfindet sie und drückt zart seine Hand.

Den Abend beenden sie in Eilendorf bei Jana von Klippersdorf zuhause. Jana hat ein leichtes mediterranes Abendessen vorbereiten lassen. Nach dem Abendmahl geben sich die beiden Liebestrunkenen auf dem Wasserbett in Janas Schlafraum dem Liebesspiel hin. Erst am frühen Morgen verlässt Adelhard, begleitet von einer Kussorgie, das Anwesen.

Kapitel 7

Adelhard fährt, nachdem er seine Fahrzeuge durchgetauscht hat, nach Hamburg-Blankenese. Sein neues Opfer wohnt hier in einer feudalen Villa mit Elbblick und hat die Angewohnheit früh morgens am Elbufer zu joggen. Diese Angewohnheit wird ihm heute zum Verhängnis.

Adelhard parkt seinen Leichenwagen hinter einer immensen Hecke und schaut in den rechten Rückspiegel, *jetzt muss der Jogger langsam um die Ecke kommen,* denkt er voller Unruhe. Zwanzig lange Minuten später sieht er ihn. Er ist nicht zu verwechseln mit seinem Bart einem, spitz zulaufenden Ducktail, der dem eher runden Gesicht mehr Länge verleiht. Adelhard steigt langsam aus und stellt sich in Position. Als der Jogger an ihm vorbeiläuft, streckt er blitzschnell ein Bein raus und es schlägt dem Herrn die Beine weg. Wie dieser sich fluchend wieder aufrappelt, hält er ihm ein Tuch mit Äther vors Gesicht. Da der Sportler aus der Puste ist, atmet er tief ein.
Adelhard fesselt den Herrn mit Kabelbinder und zieht ihn ins Fahrzeug. Er wendet und fährt entspannt zurück nach Stade. Auf der Fahrt denkt er über sein Opfer nach, Hans Steinwaldt ist ein korruptes Subjekt, der mit geschlossenen Fonds arbeitet, bei denen es sich nicht um Spareinlagen handelt, sondern um Beteiligungen an verschiedenen Gesellschaften. Dabei nimmt er in der Kalkulation das Verlustrisiko seiner Investoren, billigend in Kauf. Üblicherweise greift bei dieser Anlageart, nicht die Absicherung durch einen Einlagensicherungsfonds.

Steinwaldt hat unbescholtene gut betuchte Bürger wissentlich in den Ruin getrieben. Denn wenn die Einnahmen der Fondsgesellschaft zu schwach sind, um Zins und Tilgung der Gesellschaft zu decken, geht diese in die Insolvenz. Das bedeutet für die Investoren den Totalverlust ihres Einlagenkapitals. Mit diesem Geschäftsgebaren hat Steinwaldt Millionen Gewinne abgegriffen, während seine Kunden bankrott sind und ihre Arbeiter und Angestellten entlassen mussten. Ganze Familien gerieten in die Arbeitslosigkeit und waren auf Hartz 4 angewiesen. Hans Steinwaldt hat den Tod verdient.

Wenn nicht er, wer dann, denkt Adelhard und schleppt sein Opfer in den Bunker.

*

Kriminalhauptkommissar Kleinemeier verabschiedet sich höflich von den beiden älteren Herrschaften und geht die Treppe hinunter, die ins Foyer der Seniorenresidenz führt. Wie er sich bei der Hausdame am Empfang verabschieden will, sieht er eine Überwachungskamera über der Eingangstür. Wie elektrisiert bleibt der Leiter der Sonderkommission Golfplatz stehen.

«Zeichnen Sie mit der Kamera sämtliche Besucher auf?», möchte er von der Hausdame wissen.

«Ja das machen wir schon lange, ist alles mit unseren Gästen vertraglich geregelt und die haben unterschrieben», antwortet diese.

«Mir gehts nicht darum, ob das hier rechtens ist», sagt Heino.

«Haben Sie die Aufzeichnung von gestern noch, oder ist die schon gelöscht?», drängt Kleinemeier die Hausdame.

Halsabschneider, c 2021 Klaus-Dieter Budde

«Ja, die haben wir, bewahren einen Monat lang die Aufzeichnungen auf.»

Heino Kleinemeier ist zufrieden, mit der Aufzeichnung begibt er sich nochmal zu den beiden Alten und lässt sich von ihnen zeigen, welches der angebliche Bankangestellte ist. Mit einem guten Gefühl verlässt er die Seniorenresidenz, endlich hat er was Greifbares, um eine Fahndung einzuleiten.

Wie er auf dem Parkplatz ankommt, blinkt ihm ein Fahrzeug mit der Lichthupe. Heino Kleinemeier staunt nicht schlecht, als er Vivian und Jörg erkennt. Sie tauschen sich kurz aus und fahren zur Dienststelle nach Stade.

Gut recherchiert hat sein Team, alle sind auf der gleichen Spur, das muss doch mit dem Teufel zugehen, wenn nicht bald ein adäquates Ergebnis dabei herauskommt, denkt Kriminalhauptkommissar Kleinemeier.

Auf der Dienststelle benachrichtigt Kleinemeier gleich die Staatsanwaltschaft über den derzeitigen Fahndungssachstand und lässt drei der besten Fotos aus den Aufzeichnungen der Seniorenresidenz herausselektieren und mit einem Fahndungsaufruf an die Presseagenturen versenden.

Endlich geht es weiter, irgendwer hat den Täter gesehen und wird sie informieren, da ist Heino sich sicher. Seit 18:00 Uhr läuft die Fahndung in allen regionalen Medien auf Hochtouren.

*

Adelhard hat sein Opfer sediert und unterstützt den Herrn auf dem Weg von der Zelle zum Seziertisch.

Halsabschneider, c 2021 Klaus-Dieter Budde

Steinwald fühlt sich wie ein Gummimensch, immer wieder knicken ihm die Beine weg.

Er muss sich bäuchlings auf einen Edelstahltisch legen und wird ausgekleidet. Es ist ihm peinlich, doch er kann nichts dagegen tun, ist bewegungslos. Im Unterbewusstsein bekommt er mit, dass er angeschnallt wird und ihm jemand eine Spritze gibt. Langsam wird er wieder klar, die Bewegungsfähigkeit kehrt in seinen Körper zurück, ist aber nicht nutzbringend, da er gefesselt ist.

Hans Steinwaldt hat Angst, erbärmliche Angst, was hat dieser Adelhard mit ihm vor. Adelhard ist so weit, der Tee ist ausgetrunken, es kann weitergehen. Er nimmt eine Akte zur Hand und stellt sich seitlich zum Opfer auf.

«Aufgrund Ihrer Verfehlungen und Betrügereien verurteile ich Sie zum Tod durch die Schächtung!», verliest er sein Urteil. Steinwaldt schaut ihn erschreckt an, «das können Sie nicht tun, das ist Wahnsinn.»

Adelhard hört sich das Gejammer gar nicht erst an, er prüft nochmal sein Schächtmesser und schreitet zur Tat. Mit einem beherzten Schnitt durch die Kehle von Steinwaldt beendet er dessen Gejammer. Das Blut, welches aus der Schnittstelle unter hohen Druck herausfließt, wird über den prägnanten Bart in die Auffangwanne herabgeleitet. Adelhard, der den Kopf des Opfers anhebt, damit das Lebenselixier abfließen kann, denkt darüber nach, den Bart abzuschneiden. Nachdem er das Haupt separiert hat, verwirft er den Gedanken an die Rasur wieder. Er wäscht ihn mit einem Shampoo aus und bringt ihn mit einem Haarwachs wieder in seine ursprüngliche Form. Nachdem Adelhard den Kopf präpariert hat, stellt er ihn zu den anderen in seine Kühlvitrine. Nach zwei Stunden ist wieder alles blitzsauber und steril.

Das abgelassene Blut seiner Opfer sammelt er im hinteren Teil der Bunkeranlage in einem offenen Fass, es stinkt bestialisch in dem Kellerraum, Adelhard empfindet den Geruch betörend.

Am Abend, Adelhard steht an seiner Bar im Wohnzimmer, um sich einen guten Tropfen einzuschenken. Er wählt einen alten London dry Gin mit einem guten Tonic Wasser aus und will sich setzen, wie er durch eine Radiodurchsage in seiner Bewegung unterbrochen wird.

«...bittet die Polizei um Ihre Aufmerksamkeit. Im Landkreis Stade ist ein Mann unterwegs, der dringend verdächtigt wird an einem Kapitalverbrechen beteiligt zu sein. Vorsicht der Mann ist gefährlich und mit ziemlicher Sicherheit bewaffnet.» Es folgt eine Beschreibung des gesuchten und die Telefonnummer der Kripo, die den Fall bearbeitet. Adelhard ist alarmiert, er muss sorgsamer sein. Er stellt seinen Drink zurück und entschließt sich, den Körper des Toten noch heute zu entsorgen.

In der Nacht, gegen 03:00 Uhr fährt er mit seinem Transporter nach Stade, er hat eine waghalsige Idee, wo er den Körper ablegt. Langsam nähert er sich, vom Fischmarkt kommend, über die Straße Wasser Ost, der Hansestraße. Direkt an der Ecke, Wasser Ost / Hansestraße, stoppt er den Transporter. Lautlos öffnet er die Schiebetür an der rechten Seite des Fahrzeuges und lädt sich den Leichentransportsack auf die Schulter, misstrauisch schaut er sich um, die Luft ist rein. Rasch hastet er die Stufen zur Aussichtsplattform hinauf, vor der öffentlichen Toilette liegt ein Obdachloser auf seiner Pappe und schläft. Adelhard schleicht an dem Schlafenden vorbei und erreicht ungesehen die Aussichtsplattform am Stadthafen. Geschwind öffnet er den Leichensack und lässt den Körper, ohne ihn zu berühren hinausgleiten.

Adelhard schaut sich um, es ist keine Menschenseele zu sehen, er rollt den Sack zu einem handlichen Päckchen zusammen und eilt zurück zu seinem Fahrzeug.

Das ist sein Husarenstück, mitten auf den Präsentierteller in der Stadt, Adelhard ist stolz auf sich und sein Nervenkostüm, das er heute stark beansprucht. Er biegt nach links in die Hansestraße und verlässt die Stadt in Richtung Ottenbeck.

*

Staatsanwalt Gunnar Zipperlein sitzt mit seiner neuen Flamme zuhause in Eilendorf vor dem Kamin. Vicky, seine Neuerwerbung hat gekocht, abschließend trinken sie einen Wein zusammen. Den Test mit dem Essen hat Vicky nicht bestanden, die Spagetti waren mehr wie al dente und das Ragù alla Bolognese aus dem Glas schmeckt nicht.

Da hilft es auch nicht, dass sie frische Basilikumblätter drübergestreut hat. Erstens schmeckt das nicht und es passt nicht zusammen.

Gunnar macht auf gute Miene und prostet der kleinen zu. Bestimmt hat sie andere Qualitäten, der Staatsanwalt ist da zuversichtlich.

Am nächsten Morgen begleitet er Vicky enttäuscht zu ihrem Auto, das sie an der Straße parkt. Den zweiten Test hat sie nicht bestanden, die Nacht war das reinste Desaster, Gunnar lächelt, sagt Tschüs. Wieder ist eine Episode seiner Dating-Tour, wie er es nennt, zu Ende.

Gunnar Zipperlein will just ins Haus gehen, als ein Transporter die Straße entlangfährt, am Steuer ein Bursche mit roten Haaren.

Gunnar grüßt freundlich. Sein Gruß wird nicht erwidert.

Angesäuert schaut er dem Wagen nach, an der Nummer 14 öffnet sich das automatische Tor, und der Transporter fährt auf das Grundstück eines fernen Nachbarn.

Gunnar weiß nicht wer dort wohnt, hat sich um Nachbarschaft kaum bemüht, er hält das für hausbackenen Unfug. Nun ist er interessiert und macht sich eine Notiz.

Später in der Staatsanwaltschaft setzt er einen Rechtsreferendar darauf an. Das Ergebnis erstaunt ihn, Jana von Klippersdorf ist seine Nachbarin, hat er die Ermittlungsakten nachlässig gelesen? Oder war die Adresse dort nicht vermerkt?

Seine Selbstprüfung lässt auf Nachlässigkeit schließen, schade, bewertet der Staatsanwalt und nimmt sich vor, das nächste Mal intensiver zu lesen und sich nicht nur auf die Briefings zu konzentrieren.

Er fährt rüber zur Sonderkommission Golfplatz, um zu erfahren, wie die Gestern eingeleitete Fahndung läuft.

Auf dem Hof der Dienststelle an der Teichstraße ist rege Betriebsamkeit angesagt. Kriminalhauptkommissar Heino Kleinemeier und Kriminaloberkommissarin Vivian Steffens und viele andere Kollegen, stehen mit Schutzwesten bereit für den anstehenden Einsatz.

Halsabschneider, c 2021 Klaus-Dieter Budde

«Was geht hier ab?», will der Staatsanwalt wissen.

«Einsatz! Wir holen uns den mutmaßlichen Täter, haben eine Anzahl von vielversprechenden Anrufen erhalten.

Jörg Merkens ist vor Ort und observiert das Objekt, in dem der Verdächtigte wohnt», erklärt Kriminalhauptkommissar Kleinemeier dem Staatsanwalt.

«Und warum weiß ich als zuständiger Staatsanwalt nichts davon?», pflaumt dieser den Kriminalen an.

«Sie waren seit gestern Abend nicht zu erreichen, haben, wie es scheint Ihr Handy abgeschaltet.» Gunnar Zipperlein nimmt sein Mobiltelefon zur Hand und schaut nach, er hatte es ausgeschaltet.

«Und da halten Sie es nicht für nötig mir einen Wagen vorbeizuschicken?», blafft er Heino Kleinemeier an.

Heino dreht sich kommentarlos um und steigt in seinen Dienstwagen, er schaut Vivian, die am Steuer sitzt an und sagt: «Abmarsch!»

Mit quietschenden Reifen verlassen sie das Gelände der Dienststelle.

«Dieser arrogante Kotzbrocken, der hat mir heute Morgen noch gefehlt. Stellt sein Telefon ab und macht uns dafür verantwortlich, dieser Justiznarr.»

Im Rückspiegel kann Vivian erkennen, wie der Staatsanwalt in eines der letzten Dienstfahrzeuge springt und ihnen zum Einsatzort folgt.

«Er kommt mit!», sagt Vivian und deutet nach hinten.

«Das hat mir noch gefehlt!», schimpft Heino und versucht sich, auf den Einsatz zu konzentrieren.

Halsabschneider, c 2021 Klaus-Dieter Budde

Dass sich die Bevölkerung so schnell nach einem Fahndungsaufruf meldet, ist ungewöhnlich, oft warten die Bürger ein zwei Tage ab und erst, wenn kein anderer was gemeldet hat, geben die ersten ihr Wissen preis.

Kriminalhauptkommissar Kleinemeier hat über Nacht mit Vivian Steffens den Einsatz geplant. Der Täter darf ihnen nicht durch die Lappen gehen, dafür ist er zu gefährlich.
Am Einsatzort nimmt jeder eingeteilte Beamte, seine Position ein. Die Stader Polizei ist für die Außensicherung zuständig, der Zugriff wird von einem mobilen Einsatzkommando ausgeführt.
Kriminalkommissar Jörg Merkens hat die ganze Nacht mit einem Kollegen die Heimstadt des mutmaßlichen Täters beobachtet. Am frühen Morgen ist dieser hier aufgetaucht und ins Haus gegangen, welches er nicht wieder verlassen hat.

«Zugriff!», kommt das Kommando vom Einsatzleiter des MEK über Funk.
An der vorderen Haustür verschafft man sich mit einer schweren Ramme Zutritt. Im hinteren Bereich des Hauses stürmen MEK-Beamte die Terrassentür. Es dauert keine drei Minuten, da kommen die MEK-Beamte mit dem mutmaßlichen Täter aus dem Haus.
Der Mann ist so überrascht, dass es ihm die Sprache verschlagen hat, wie unter Schock lässt er sich in den Dienstwagen von Heino Kleinemeier verfrachten.
Kriminaloberkommissarin Vivian Steffens schickt, nachdem sie

kurz ins Haus geschaut hat, die wartenden Mitarbeiter der Spurensicherung ins Haus.

Heino bedankt sich bei den teilnehmenden Polizeikräften und steigt in seinen Dienstwagen. Vivian, die hinterm Steuer sitzt, schaut ihn fragend an.

«Was ist, warum fährst du nicht los?», fragt Heino Kleinemeier.

Vivian zeigt nach rechts, dort kommt mit wehenden Mantelschößen der Staatsanwalt angerannt.

«Fahr los! Auf den habe ich keinen Bock», sagt Heino und vermeidet es, zum Staatsanwalt zu schauen.

Vivian ist es recht, im gemäßigten Tempo fährt sie davon. Im Rückblickspiegel sieht sie Zipperlein toben, was solls, der beruhigt sich wieder, denkt sie und grinst Heino Kleinemeier zufrieden an.

Als sie in die Dienststelle kommen, ist dort helle Aufregung. In Stade auf einer Aussichtsplattform am Stadthafen hat man einen enthaupteten Toten gefunden. Die Meldung ist schon früh reingekommen, ein Trupp der Spurensicherung und Dr. Grit Birkenfels die Rechtsmedizinerin sind schon vor Ort. Heino und Vivian haben über den Funk nichts mitbekommen, da sie auf der Frequenz des MEK geschaltet waren.

Den Festgenommenen übergeben sie einem Beamten zur Verwahrung und machen sich auf in die Hansestraße.

Dr. Birkenfels kommt ihnen auf der steinernen Treppe zur Aussichtsplattform entgegen.

«Die gleiche Vorgehensweise, keine Spuren wie gehabt, das ist zum Mäusemelken.»

Halsabschneider, c 2021 Klaus-Dieter Budde

Kriminalhauptkommissar Kleinemeier beruhigt die Rechtsmedizinerin: «Wir haben ihn! Wir haben den mutmaßlichen Täter vorläufig in Gewahrsam genommen», berichtet er der Rechtsmedizinerin.

«Na das ist ja eine gute Nachricht.» Blüht diese ob der Information wieder auf.

«Da ist ein Obdachloser, der hat hier heute Nacht auf seiner Pappe vor dem öffentlichen WC gepennt, ihr könnt ihn ja befragen, ob er was mitbekommen hat. Ich glaube das zwar nicht, denn der ist stark betrunken, man kann ja nie wissen», sagt Frau Doktor und verabschiedet sich.

Wie die beiden Kommissare die Plattform erreichen, ist das Abholteam der Gerichtsmedizin dabei den Leichnam einzutüten.

«Stopp! Wir würden da gerne einen Blick drauf werfen», ruft Vivian den Männern zu.

«Zu spät, jetzt haben wir ihn eingetütet», sagt der Ältere der beiden.

«Dann machen Sie augenblicklich wieder auf!», wird Kriminalhauptkommissar Kleinemeier laut und die Männer fügten sich und öffnen den Reißverschluss des Leichentransportsackes, in dem das Opfer eingepackt ist. Heino nickt den Männern zu und sie verschließen den Sack wieder.

Heino Kleinemeier hat alles gesehen: «Älterer Mann, schätze um die 60 Jahre alt», sagt er zu Vivian, die sich weggedreht hat, um ihre Haare zu bändigen.

Mit einem Gummiband fügt sie ihre tizianrote Mähne zum Pferdeschwanz zusammen.

Halsabschneider, c 2021 Klaus-Dieter Budde

«Windig hier oben», sagt sie entschuldigend und geht mit Heino die Treppe hinunter bis zum öffentlichen WC, dort wollen sie den Obdachlosen befragen, der bei einem Polizeibeamten steht.

Es ist, wie Dr. Birkenfels vermutet hat, der Mann ist zu betrunken, und hat nichts bemerkt. Sie nehmen nur seine Personalien auf und fahren zurück in die Dienststelle. Dort wartet schon Staatsanwalt Gunnar Zipperlein in ihrem Großraumbüro.

*

Emden, die Mutter von Adelhard sitzt in ihrem Büro in der Fischfabrik, als das Telefon klingelt.

«Meents», meldet sie sich.

«Ah, schön dass ich Sie erreiche, mein Name ist Pieper, Manuel Pieper Kriminalkommissar in Stade an der schönen Elbe.»

«Und was kann ich für Sie tun Herr Pieper?», fragt sie nach.

«Ja ich möchte Sie zu ihren Schwiegereltern befragen, die sind meines Wissens vor Jahren bei einem Autounfall ums Leben gekommen. Das ist doch richtig?», fragt Pieper nach.

Adelhards Mutter richtet sich auf und antwortet vorsichtig, da sie nicht weiß, wohin die Fragerei führt.

«Ja, das ist richtig.»

«Ok, da habe ich noch eine Frage, weiß nicht, ob Sie die beantworten können. Ihr Schwiegervater Herr Ove Meents hat damals hohe Verluste am Immobilienmarkt erlitten. Wissen Sie noch wie der Makler hieß, der die Immobilienfonds an ihren Schwiegervater verkauft hat?», erkundigt sich der Kriminalkommissar.

Halsabschneider, c 2021 Klaus-Dieter Budde

«Ja, den weiß ich, den werde ich nie vergessen. Das war der Herr Fischer aus Bielefeld, ob es den Herrn noch gibt, kann ich Ihnen nicht sagen.»

«Eine letzte Frage. Hat aus Ihrem Umfeld irgendjemand Drohungen gegenüber dem Makler geäußert? Oder besser formuliert, können Sie sich vorstellen, dass es jemanden in Ihrem Umfeld gibt, der dem Makler ein Leid zufügen könnte?», Manuel Pieper hatte sich vorsichtig an die Frage herangetastet.

«Nein! Das kann ich mir nicht vorstellen», erwidert Adelhards Mutter, «warum fragen Sie das alles»?

«Wir haben hier in Stade eine Straftat aufzuklären, in der Makler involviert sind», redet Pieper sich raus und bedankt sich für die bereitwillige Auskunft.

Wie er wieder aufgelegt hat, atmet er hörbar aus. Denn als er den Namen des Maklers hörte, gingen bei ihm die Alarmglocken an. Fischer hieß der Tote vom Mittellandkanal. Manuel kam das, nein, der Frau Meents zu schnell. Da ist was faul, sagt sein Bauchgefühl, er will da dranbleiben.

*

Adelhards Mutter hat nachdenklich aufgelegt, hat das mit der Krankheit ihres Sohnes zu tun? Hat Adelhard eine Straftat begangen? Sie verwirft den Gedanken wieder, nicht ihr Sohn, nee das kann sie sich nicht vorstellen. Sie widmet sich wieder ihrer Büroarbeit, kann sich jedoch nicht Konzentrieren. Immer wieder muss sie an die Worte des Kriminalkommissars denken. Am späten Nachmittag langt es ihr, sie will Gewissheit und ruft Professor Hoff in seiner Praxis an.

Der Professor hört sich alles in Ruhe am Telefon an und bittet um ein persönliches Gespräch in seiner Praxis.

«Klar, ich kann in einer halben Stunde bei Ihnen sein», sagt Adelhards Mutter und macht sich gleich auf den Weg.

*

«Das erklären Sie mir bitte!», empfängt er seine Kommissare aufgeregt.

«Kein Problem, wir mussten schnellstens zum Fundort des neuen Opfers, um zu verhindern, dass dort Spuren vernichtet werden.» Kriminalkommissar Heino Kleinemeier schaut den Staatsanwalt ernst an.

«Wie ein neues Opfer? Erfahre ich hier eigentlich immer alles als letzter? Ich dachte, dass ich der zuständige Staatsanwalt in diesem Fall bin, oder hat sich da was geändert?», echauffiert sich Gunnar Zipperlein.

«Hat man Sie nicht über den Funk benachrichtigt?», hakt Heino Kleinemeier nach.

«Nein! Hat man nicht!», schimpft der Staatsanwalt.

«Haben Sie den ihr Funkgerät von der MEK-Frequenz wieder zurückgestellt auf unsere Frequenz?»

«Oh Shit, das habe ich vergessen, sorry das ich so heftig reagiert habe, war nicht bös gemeint», entschuldigt sich der Ankläger.

Heino dreht sich wortlos kopfschüttelnd weg und schreitet zu seinem Schreibtisch hinüber, der Staatsanwalt folgt ihm.

Kriminalkommissarin Vivian Steffens, brieft Gunnar Zipperlein kurz und knapp, sodass alle auf Stand sind.

«Ok, da lassen wir den Tatverdächtigen ein bisschen schmoren und sagen wir, in 45 Minuten beginnen wir mit der

Vernehmung», raunst der Staatsanwalt und verlässt das Großraumbüro der Sonderkommission Golfplatz.

«Ein Arsch», sagt Vivian emotionslos und macht sich an die Vorbereitung der Vernehmung.

*

Professor Hoff empfängt Adelhards Mutter in seinem stattlichen Büro, gemeinsam nehmen sie in einer Sitzgruppe Platz.

«Frau Meents, ich habe ein wenig recherchiert, was den Fall in Stade betrifft, da müssen wir uns keine Sorgen machen. Das Fahndungsfoto sieht Ihrem Sohn zwar ähnlich, er ist es eindeutig nicht.»

Adelhards Mutter fällt ein Stein vom Herzen und sie bedankt sich für die schnelle Recherche des Professors.

«Frau Meents, wir müssen uns da nichts vormachen, Ihr Sohn der Adelhard passt in das Verhaltensmuster des Stader Täters. Adelhard hätte mit aller Wahrscheinlichkeit genauso agiert.»

«Was hat der Täter in Stade denn gemacht?», fragt Adelhards Mutter nach.

«Der Stader Täter hat nach meinen Informationen, die ich von einer Rechtsmedizinerin habe, die in dem Fall involviert ist, mehrere Menschen getötet», berichtet der Professor.

Adelhards Mutter schlägt die Hände vors Gesicht.

«Und Adelhard würde so was machen?» Erschrocken starrt sie den Professor an.

«Ihr Sohn muss so schnell wie möglich wieder in Therapie, sonst könnte er genauso vorgehen.»

Lange sprechen die beiden über Adelhard seine Familie und den Selbstmord der Großeltern.

Halsabschneider, c 2021 Klaus-Dieter Budde

Adelhards Mutter hat sich diesbezüglich dem Professor anvertraut, denn sie befürchtet, dass es da einen Zusammenhang zu seiner Krankheit gibt.

«Gut, dass Sie mir das sagen. Ich verstehe den ein oder anderen Zusammenhang nun besser. Ich muss Ihnen sagen mit diesem Wissen, ist es fünf vor zwölf! Wir müssen Ihren Sohn unbedingt finden.»
Beide versprechen sich alles zu tun, was eine Rückkehr Adelhards beschleunigt. In Gedanken an ihren Sohn fährt Frau Meents zurück nachhause.

*

Im Vernehmungsraum sitzen sich auf der einen Seite Kriminalhauptkommissar Kleinemeier mit Kriminaloberkommissarin Steffens und auf der anderen Seite des Tisches, der vorläufig in Gewahrsam genommene mutmaßliche Täter, gegenüber. Staatsanwalt Zipperlein und Kriminalkommissar Merkens sitzen im Nebenraum und verfolgen die Vernehmung über einen Monitor.
Im Vernehmungsraum sind außer der Bestuhlung, ein Tisch, ein Abfalleimer und die Ton- und Kamera Ausstattung. Nichts soll den zu Vernehmenden ablenken.
Kriminalhauptkommissar Heino Kleinemeier eröffnet die Vernehmung in dem fensterlosen Raum. Der mutmaßliche Täter ein Herr Hetzter, streitet vehement alles ab. Heino fordert ihn auf, zu benennen, wo er an den Tattagen gewesen sei, hier kann Hetzter anhand seines Terminkalenders, den sie von der Spurensicherung herbeigeholt haben, klar sagen, wo er wann gewesen ist. Vivian schaut Heino Kleinemeier fragend

Halsabschneider, c 2021 Klaus-Dieter Budde

an, haben sie den Falschen? Kriminalhauptkommissar Kleinemeier versucht es erneut.
«Was haben Sie in der Seniorenresidenz in Harburg gemacht?», fragt er den mutmaßlichen Täter.
«Ich habe meine Eltern besucht, das mache ich zweimal die Woche, da können Sie gerne nachfragen.»

Nach zwei Stunden unterbricht Heino die Vernehmung und lässt Hetzter wieder in den Gewahrsam bringen. Gemeinsam mit dem Staatsanwalt analysieren sie, das gehörte.
«Ich glaube nicht, das Hetzter unser Mann ist», sagt Kriminaloberkommissarin Vivian Steffens.
«Selbst, wenn wir seine Angaben noch überprüfen müssen, das ist glaubwürdig, was Hetzter uns erzählt hat.»

Kriminalhauptkommissar Kleinemeier der ihr nachdenklich zugehört hat, steht mit seinem Kaffeebecher in der Hand auf und geht vor der Fensterfront des Großraumbüros auf und ab. Er wendet sich wieder den anderen zu und nickt.
«Ich denke, Vivian hat Recht! Wir überprüfen die Angaben, halten gleichzeitig die Fahndung aufrecht. Ehrlich gesagt glaube ich nicht mehr an die Täterschaft des Herrn Hetzter.»
«Die beiden alten haben ihn doch auf dem Video erkannt!», versucht Jörg Merkens einen Einwand.
«Jörg, das sind alte Menschen und das Bildmaterial in Schwarz-weiß von minderer Qualität, da kann man sich vertun», antwortet Vivian.
«Ok ich werte den Film nochmal neu aus, denn eins ist ja sicher, der Täter war dort und muss auf dem Film sein.»

Kriminalkommissar Merkens steht auf und macht sich an die Arbeit. Das ist das Signal für alle anderen, rege Betriebsamkeit ist an den Arbeitsplätzen zu erkennen.

Halsabschneider, c 2021 Klaus-Dieter Budde

Kapitel 8

Am Nachmittag steht Kriminalkommissar Pieper bei Vivian vor dem Schreibtisch und räuspert sich. Vivian schaut auf und bittet Pieper sich, zu setzen.

«Ich habe da was gefunden, was mit unserem Fall zu tun haben kann. Es ist nur so ein Bauchgefühl, ich bin mir aber sicher. Ich weiß nicht, ob du verstehst, was ich meine?», erklärt sich Pieper.

«Oh doch, ich weiß was du meinst, ohne dieses Bauchgefühl von uns Ermittlern wäre mancher Fall nicht gelöst worden. Erzähl mir, was du herausgefunden hast, dann werden wir sehen», macht Vivian ihrem Kollegen Mut.

Manuel Pieper berichtet von seinen Recherchen, unter anderem von dem Telefongespräch mit Frau Meents in Emden.

«Da habe ich sofort gemerkt, da stimmt was nicht, da war ein, Nein! Das war unpassend, zu schnell an der Stelle, wenn du weißt, was ich meine.» Vivian nickt ihm aufmunternd zu.

«Ich habe das Umfeld der Familie recherchiert und festgestellt, dass der Sohn und Erbe der Fischfabrik, sich seit Wochen in einer Auszeit befindet und keiner weiß, wo sein Aufenthaltsort ist.» Kriminalkommissar Pieper schaut Vivian ernst an.

«Wir haben ein Motiv, den Tod der Großeltern und einen

abkömmlichen möglichen Täter, der sich vor seiner Auszeit im Betrieb oft aggressiv und unkontrolliert verhalten hat.»
Vivian, die spürt, wie ernst es ihrem Kollegen mit der Sache ist, bietet sich spontan an, mit ihm nach Emden zu fahren, um der Sache auf den Grund zu gehen.
Damit hat der junge Kriminale nicht gerechnet, umso mehr freut er sich auf die Zusammenarbeit. Am nächsten Morgen soll es losgehen.

Am Abend findet ein gemeinsames Briefing statt. Der Staatsanwalt berichtet, dass er den mutmaßlichen Täter Herrn Hetzter aus dem Gewahrsam entlassen musste, da sich seine Alibis bis ins Detail bestätigt haben.
Vivian, die im Vorfeld mit Kriminalhauptkommissar Heino Kleinemeier gesprochen hat, berichtet von ihrer bevorstehenden Reise nach Emden, ohne jedoch zu versäumen, dass diese Recherche allein auf die Initiative des jungen Kollegen Pieper erfolgt. Die Kollegen der Sonderkommission klopften anerkennend auf die Tische.

«Nach Emden?», unterbricht sie die Gerichtsmedizinerin Dr. Grit Birkenfels, «da hatte ich gestern einen Anruf eines, ehemaligen Studienkollegen, er wollte von mir wissen, wie ich die Psyche des Täters einschätze, er hätte von unserem Fall in den Medien gehört. Ich habe ihm gesagt, dass wir den Mann festgenommen haben, danach wollte er von meiner Einschätzung, was die Psyche des Täters betrifft, nichts mehr wissen, das fand ich merkwürdig.»
«Wer war der Anrufer?», hakt der Staatsanwalt nach.
«Das war der Psychologe und Psychotherapeut Professor Dr.

Halsabschneider, c 2021 Klaus-Dieter Budde

Hoff, er hat in Emden eine große Einrichtung zur Behandlung psychisch erkrankter Menschen. Eine Koryphäe auf seinem Gebiet», antwortet die Rechtsmedizinerin.

«Ok, Frau Steffens dann fahren Sie einmal bei diesem Herrn Professor vorbei, wenn Sie sowieso schon in Emden sind, bietet sich das an», ordnet der Staatsanwalt an.

Am Ende des Briefings bittet Vivian Dr. Birkenfels noch einmal zu sich, sie will so viel wie möglich von diesem Gespräch wissen, um dem Professor auf den Zahn zu fühlen. Langsam hat sie eine Witterung aufgenommen, daran ist ihr junger Kollege, den sie immer mehr wertschätzt, nicht ganz unschuldig. Sie freut sich schon auf die morgige Zusammenarbeit.

*

Jana von Klippersdorf steht mit gepacktem Rucksack vor ihrer Tür und wartet auf Adelhard. Es ist 05:00 Uhr und an der Zeit das ihr Schwarm hier bald auftaucht, denn bei 7° Celsius macht das Warten partout keinen Spaß. Da kommt Adelhard, mit einem Mietwagen, einem BMW X5 fährt er vor und hilft Jana, den Rucksack zu verstauen. Die Fahrt geht los, in dreieinhalb Stunden beabsichtigen sie am Bahnhof Thale zu sein. Adelhard hat herausbekommen, dass Jana dem Trecking-Sport nicht abgeneigt ist und sie zu einer anspruchsvollen Harz Tour eingeladen. Er hat lange gesucht, bis er auf Komoot, einer Outdoorapp das Richtige gefunden hat.

Von Thale durch das schönste Tal des Harzes. Heißt die Tour und verspricht Anstrengung gepaart mit tollen Ausblicken.

Halsabschneider, c 2021 Klaus-Dieter Budde

Jana, die müde ist, kuschelt sich in den Sitz, der mit softig weichem Alcantara bezogen ist und schläft alsbald ein.
Adelhard schmunzelt, wie er das bemerkt, sie soll sich ruhig ausruhen, wird anstrengend genug Heute.
Er jagt den BMW über die A7 in Richtung Hannover, dort fährt er über die A2 nach Braunschweig und später über die A36, nach Thale. Dort am Bahnhof ist der Ausgangspunkt der ca. 20km langen Trecking Rundtour.
Zuvor beabsichtigt Adelhard im Schloss Stecklenberg gemeinsam mit Jana zu frühstücken. Er hat einen Tisch für 09:00 Uhr reserviert und darum gebeten, dass dieser mit einem speziellen Blumenschmuck dekoriert ist. Champagner wird auf seinen Wunsch bereitgehalten. Adelhard hat heute bedeutungsvolles vor, er ist gewillt, abseits seines grauenvollen Geheimnisses, seinem Leben eine neue Richtung zu geben.

08:45 Uhr rasant fährt Adelhard auf den Schlossparkplatz, Jana von Klippersdorf staunt nicht schlecht, wie sie das Schloss erblickt.
«Wow, das hast du toll ausgesucht», lobt sie ihren Rotschopf.
Gemeinsam treten sie ein, ein Angestellter empfängt sie am Eingang des Restaurants und begleitet sie zu ihrem Tisch, der abseits der anderen Gäste steht.
«Wow», ruft Jana, wie sie den vorbereiteten Tisch mit dem wundervollen Blumenbukett sieht.
«Gelbe Rosen, dass du dir das gemerkt hast», sie ist entzückt.
Adelhard hilft ihr aus ihrer Funktionsjacke und schiebt ihr wie es sich für einen aufmerksamen Begleiter gehört den Stuhl

Halsabschneider, c 2021 Klaus-Dieter Budde

unter. Er setzt sich gegenüber von Jana an den Tisch und gibt dem Ober einen Wink.

Nachdem beide ausgiebig gefrühstückt haben, serviert auf ein Zeichen von Adelhard, der Ober den Champagner.

«Oh Champagner! Ist heute ein besonderer Tag?» Jana schaut Adelhard fragend an.

Dieser kniet vor Jana von Klippersdorf hin und nestelt umständlich eine Schmuckschatulle aus seiner Treckinghose. Adelhard schaut Jana verzückt an.

«Liebe Jana, wir kennen uns nicht lange, ich spüre eine große Liebe zu dir und bitte dich hier voller Inbrunst um deine Hand. Jana, möchtest du meine Frau werden?»

Jana schaut Adelhard verliebt an: «Ja, Ja, Ja!»

Sie springt Adelhard voller Glück in die Arme, der Glückspilz ist beinahe hinten herüber gefallen, kann sich soeben am Tisch abstützen. Nachdem sie den Champagner ausgetrunken haben und Adelhard ihr einen Brillantring an den Finger gesteckt hat, begeben sie sich beschwingt auf den Weg zu ihrer Treckingtour.

Zunächst geht es stetig bergauf, auf einem schmalen Bergpfad steigen sie über felsigen Untergrund bis zur Bergstation der Kabinenbahn. Nach einer kurzen Rast wandern sie weiter zum Hexentanzplatz. Am Tierpark vorbei steigen sie auf zur Schutzhütte an der Hagebornstraße. Hierher hat Adelhard über einen Cateringservice ein bekömmliches Mittagessen bringen lassen.

«Zugegeben es ist dekadent, ich denke, in Entsprechung zum Anlass ist das ok», sagt Adelhard entschuldigend und zieht Jana in seinen Arm.

Jana die, ob der Anstrengung einen Riesen Hunger hat, lächelt

Halsabschneider, c 2021 Klaus-Dieter Budde

Adelhard an und gemeinsam genießen sie eine fantastische Pasta.

Über Treseburg geht es nach dem Essen entlang dem Hochufer der Bode zurück. Spektakuläre Aussichten, das kühlende Gebirgswasser der Bode, welches sie ab und an, wenn es die Möglichkeit gibt, um ihre nackten Füße plätschern lassen, machen den Tag zu einem einmaligen Erlebnis. Über Bodekessel und Königsruhe steigen sie über die Teufelsbrücke ab, zurück nach Thale. Spontan entscheiden sie sich, die Nacht gemeinsam auf Schloss Stecklenberg zu verbringen. Adelhard telefoniert kurz und reserviert für eine Nacht.

Nach einem hervorragenden Abendessen gehen sie zügig zu Bett. Das Ambiente des geräumigen mit italienischen Möbeln liebevoll eingerichteten Zimmers, nehmen beide nicht wahr. Trotz der anstrengenden Tour geben sie sich bis spät in die Nacht dem Liebesspiel hin.

Einmal ruft die Rezeption an, um sich zu erkundigen, ob alles in Ordnung sei, da waren sie zu heftig dem Liebesspiel gefolgt. Sie nehmen es mit Humor und schlafen eng umschlungen ein.

Am frühen Morgen sind sie wieder auf der Autobahn. Jana schläft wie auf der Herfahrt in eine Decke gehüllt auf dem Beifahrersitz. Adelhard fährt stoisch mit gemäßigter Geschwindigkeit und bewegt sich gedanklich in seinem anderen Leben. Einen Job noch, nachfolgend kann er damit abschließen, einen einzigen Job noch.

*

Professor Dr. Hoff, psychotherapeutisches Behandlungszentrum. Kriminalkommissar Pieper zeigt auf das

Hinweisschild zum Behandlungszentrum. Vivian Steffens biegt rechts ab und stellt sich auf den Parkplatz für Privatpatienten.

«Wie dekadent ist das denn», schimpft sie und deutet auf den Parkhinweis für Privatpatienten.

«Und die Kassenpatienten können sich einen Parkplatz an der Straße suchen?» Vivian schüttelt den Kopf, das geht nach ihrem Empfinden nicht.

Gemeinsam steigen sie die Stufen zum protzigen Eingangsbereich hinauf. Am Empfang begrüßt sie eine Rezeptionistin, die sich als Melanie Merkel vorstellt und nachfragt, ob sie einen Termin haben.

Vivian sagt: «Wir haben immer einen Termin!»

Die beiden Kriminalen zeigen ihren Ausweis vor und bitten um ein Gespräch mit dem Professor.

«Das geht nicht, der Professor befindet sich in einer Meditation zur Vorbereitung auf seinen nächsten Patienten», antwortet Frau Merkel.

«Oh, das geht!», sagt Kriminaloberkommissarin Vivian Steffens resolut.

Die Empfangsdame eilt zu einer der angrenzenden Türen und kurze Zeit später steht ein ca. sechzigjähriger sonnenbankgebräunter Herr vor ihnen.

«Hoff, Professor Hoff», stellt er sich vor.

Vivian und Manuel erklären dem Professor, nachdem sie sich vorgestellt haben, ihr Anliegen.

«Ich denke, Sie haben den Täter», sagt der Professor.

«Nein, wir haben eine Spur verfolgt, die sich nicht bestätigt hat», erklärt Vivian Steffens.

Halsabschneider, c 2021 Klaus-Dieter Budde

Der Professor überlegt und bittet um einen Moment Geduld, er telefoniert mit seinem Handy in einer Ecke des Raumes, er schirmt das Gespräch ab, die beiden Kriminalen bekommen vom Inhalt des Gesprächs nichts mit. Daraufhin kommt er wieder nach vorn an seinen Schreibtisch und erklärt den Beamten, dass gleich jemand dazustoßen wird, der ihn von seiner Verschwiegenheitspflicht entbinden kann.

Vivian und Manuel lassen sich in der Wartezeit bei Tee und Butterkeksen in die Arbeit des psychotherapeutischen Behandlungszentrums einweisen und stellen fest, dass der Professor alles andere als dekadent ist. Im Gegenteil Professor Dr. Hoff ist, ein empathischer Psychotherapeut, der um das Wohlbefinden seiner ihm anvertrauten Patienten bemüht ist. Vivian Steffens hat ihm den Parkplatz für Privatpatienten schon verziehen. Der Professor kommt kompetent und glaubwürdig herüber, nicht ein medizinischer Fachidiot, den kein Mensch versteht.

Nach einer Stunde des Wartens erscheint eine Dame, die schon das Rentenalter erreicht hat. Professor Hoff stellt die Dame als Frau Meents vor. Kriminalkommissar Manuel Pieper schaut wie elektrisiert Vivian Steffens an. Vivian hat bei der Namensnennung kurz gezuckt, bleibt gefasst und deutet Manuel an, das Gleiche zu tun. Frau Meents erzählt zunächst ihre Familiengeschichte, bis zu dem Punkt wie sie den Anruf von der Angestellten des Professors annimmt.
Da übernimmt der Professor das Gespräch.
Er schildert das Adelhard Meents, der Sohn der anwesenden Dame, seit langer Zeit bei ihm in Therapie ist und bis auf ein

Halsabschneider, c 2021 Klaus-Dieter Budde

paar Ausrastern in der Firma bisher nichts vorgefallen sei.
«Zumindest hat Adelhard nicht davon berichtet. Obwohl von
der Selbsttötung der Großeltern hat er mir nichts erzählt»,
sagt der Psychotherapeut.
Er berichtet von dem Krankheitsverlauf des Sohnes und von
dem Versprechen, bald in Therapie zu gehen.
«Dann erfahre ich von der Mutter, dass Adelhard sich eine
Auszeit genommen hat. Da hatte ich erste Bedenken, denn
seine Medikamente reichen für den Zeitraum nicht aus.»
Der Professor macht einen besorgten Eindruck.
Kriminaloberkommissarin Steffens hakt nach: «Was meinen
Sie Herr Professor, kann nach Ihrer Erfahrung mit dieser Art
der Krankheit, Adelhard Meents der gesuchte Täter sein?»
Der Professor schaut Frau Meents an, diese nickt ihm
auffordernd zu.
«Ja, nachdem was Sie mir über den Fall berichtet haben und
der vielen Parallelen, ja absolut, Adelhard Meents passt mit
seinem Krankheitsbild dort hinein und kann, ohne Weiteres
der Täter sein.»
Kriminaloberkommissarin Vivian Steffens bedankt sich für die
Einschätzung und wendet sich Frau Meents zu, die verängstigt
wirkt.
«Frau Meents, hat Ihr Sohn irgendeine Verbindung nach Stade
oder in die Region Stade?», fragt Vivian nach.
Frau Meents denkt nach und berichtet, dass Adelhard vor zwei
Jahren bei der Messe «Stade aktuell» mit den Produkten der
Fischfabrik vertreten war.
«Adelhard kam begeistert von der Hansestadt nachhause»,
berichtet sie.

«War Adelhard später in Stade?», fragt Kriminalkommissar Pieper dazwischen.

«Nein, soweit ich weiß nie mehr», antwortet Frau Meents, «ich weiß nicht, ob das wichtig ist, er hat sich oft mit ehemaligen Studienkollegen in Hamburg getroffen. Oft über mehrere Tage, zum Beispiel waren sie kürzlich erst zum Segeln.»

«Wann war das? Können Sie sich erinnern?», hakt Vivian nach.

«Das muss Ende April gewesen sein.» Adelhards Mutter tat alles, um den Kommissaren zu helfen.

«Wir benötigen ein Foto von Ihrem Sohn, werden Sie gern in ihre Wohnung begleiten, wenn das für Sie in Ordnung ist.» Vivian Steffens geht behutsam mit Frau Meents um.

«Ja klar, das ist in Ordnung, Sie müssen ja Ihre Arbeit tun», antwortet Adelhards Mutter.

«Ich begleite Sie!», bietet sich der Professor an und punktet damit wieder bei der Kriminaloberkommissarin, emphatisch der Professor, findet Vivian.

Zusammen brechen sie zur mondänen Villa der Familie Meents auf.

*

Wie Jana von Klippersdorf erwacht, ist es 10:00 Uhr, Adelhard hat sie am frühen Morgen verlassen, um sich um seine Firma zu kümmern. Wie er das aus der Entfernung macht, ist für Jana ein Rätzel, *es scheint zu funktionieren, sonst wird er das ja nicht machen,* denkt Jana und verwirft den Gedanken da nachzuhaken, rasch wieder. Jana hat gemerkt, dass Adelhard nicht gern über seine Geschäfte spricht und das akzeptiert.

Kapitel 9

Adelhard steht mit seinem Transporter am Freiburger Hafen
und wartet auf seinen nächsten Kunden.
Freiburg an der Elbe ist eine so genannte Schlaf- oder
Pendlerstadt. Da sie nicht über größere
Wirtschaftsunternehmen verfügt, arbeiten die meisten
Einwohner außerhalb und kommen zur Nacht in die kleine
Stadt an der Elbe. Größter Arbeitgeber vor Ort ist eine Werft,
bekannt durch die Herstellung von hochwertigen
Rettungsbooten, den so genannten lifeboats.
Adelhard steht gegenüber der Werft, auf der anderen Seite
des Freiburger Hafenpriels, an der Straße am Hafen und
wartet darauf, dass sein nächstes Opfer mit dem Segelboot
zurück in den Hafen kommt.
Adelhard hat den Investmentmanager leider verpasst. Wollte
ihn in der frühen Dunkelheit abgreifen, jetzt muss er
improvisieren. Hier am Hafen kann er sein Opfer nicht
überraschen, er wird ihm folgen und den richtigen Moment
abwarten. Entspannt lehnt Adelhard sich in seinem Sitz zurück
und beobachtet die Einfahrt zum Hafen.

*

Sören Henryson sitzt auf dem Bug seiner Segeljacht und hält
die Angel ins Wasser. Er ist früh am Morgen mit dem Boot von
Freiburg bis zum Glückstädter Ufer gesegelt und liegt zwischen
der Rhinplatte und dem Glückstädter Ufer, oberhalb der

169

Hafeneinfahrt vor Anker. Hier ist er sicher vor den großen Pötten, die Unmengen von Blechkisten von und nach Hamburg bringen.

Sören hat heute Glück beim Angeln, drei große Aale, einen mittelgroßen Hecht und eine Anzahl kapitaler Zander hat er in seiner Kühlbox. Sein Köder ist heute beliebt bei den Fischen. Gegen Mittag packt er sein Angelgeschirr wieder ein und verstaut es unter Deck.

Nachdem er den Anker gehoben hat, segelt er ein Stück Weg die Elbe hinauf, an Schwarztonnensand und Pagensand vorbei, bis kurz vor Lühesand. Dort macht er eine spektakuläre Wende und beeilt sich, nach Freiburg zu kommen. Er hat sich in der Zeit vertan und hofft, dass er den Hafen in Freiburg noch vor der Dunkelheit erreicht.

*

Gegen 18:45 Uhr kommt die, Jenny E. in den Hafen zurück, Adelhard, der den ganzen Tag gewartet hat, atmet erleichtert auf. Nun kann er den Investmentmanager hier vor Ort überraschen, denn bis der sein Boot festgemacht und die Segel verpackt hat, ist es bereits dunkel.

Adelhard hilft dem Segler beim Festmachen und bietet ihm an, zu helfen. Der Seemann nimmt aufgrund der fortschreitenden Dämmerung das Angebot dankend an. Gemeinsam befreien sie die Jacht von ihren Segeln, verpacken diese in Segeltaschen und bringen sie unter Deck. Sören, hat sich der Segler vorgestellt, will einen Schnaps ausgeben und bittet Adelhard unter Deck.

Sie prosten sich zu und trinken einen kräftigen Rum, wie sich das für richtige Segler gehört. Wie Sören sich umdreht, um die

Gläser wieder zu verstauen, spürt er einen Stich am Hals, verwundert dreht er sich um und schaut Adelhard an.
Adelhard fängt den fallenden Sören auf und wickelt ihn in das Toppsegel, welches er wieder aus der Segeltasche nimmt. Er macht das Luk auf und schaut sich um, niemand ist in der Nähe der Jacht zu sehen. Adelhard transportiert das Segel samt Inhalt zu seinem Transporter und verlädt die brisante Fracht. Dann kehrt er um und verschließt das Luk wieder.
Beim Verlassen der Jacht nimmt er die Kühlbox mit, *die Fische können ja nichts dafür,* denkt Adelhard und überlegt wann er sie mit Jana verzehrt.

*

Außerhalb der Stadt Emden in einem ruhigen Wohngebiet steht das Anwesen der Familie Meents. Die Autokolonne fährt langsam den weißen Kiesweg bis zum Eingangsportal vor.
Jeder ist mit seinem eigenen Auto unterwegs. Frau Meents bittet die Kommissare und den Professor hinein.
Zuerst lässt Frau Meents durch ihre Hauswirtschafterin einen guten Ostfriesentee zubereiten.
Sie sitzen gemeinsam in einem Wintergarten an einem großen runden Tisch und lassen sich durch Frau Meents in die Teezeremonie der Ostfriesen einweisen.
Nachdem jeder einen kleinen Tropfen Sahne in seiner Tasse hat, bringt Frau Meents die Fotos ihres Sohnes. Vivian schaut sie kurz an und verstaut sie in ihrer Mappe. Danach schauen sie sich in der Wohnung von Adelhard um.
Adelhard Meents hat für sich die erste Etage eingerichtet, Modern und kalt findet Kriminalkommissar Pieper. Alles ist in weißem Hochglanzlack gehalten. Selbst die Fotocollagen eines bekannten Künstlers bringen keine Wärme in den Raum.

171

Wie sie sich verabschieden, fällt Pieper eine Radierung im Eingangsbereich auf, die einen Bergwerksstollen darstellt. «Interessieren Sie sich für alte Stollen oder Bunker?», fragt er Frau Meents.

«Nein, nein, das war das Hobby meines verstorbenen Schwiegervaters, er war ganz versessen darauf. Ich glaube, er hat da eine Kartensammlung in seinem Büro.»

«Dürfen wir die mitnehmen? Sie erhalten das alles zurück.»

«Ja mir soll's Recht sein nehmen Sie das mit, außer Adelhard hat da niemand reingeschaut», antwortet Frau Meents.

Bei der Verabschiedung bittet sie Vivian darum, dass man sie benachrichtigt, wenn es ihr Sohn ist, der diese schrecklichen Morde verübt hat. Vivian, die die Stärke der Frau bewundert, verspricht persönlich anzurufen, wenn sich was ergibt.

«Frau Meents, es ist ein Verdacht», beruhigt sie die Geschäftsfrau.

In Gedanken versunken verlassen sie in langsamer Fahrt das Anwesen der Meents. Erst auf der Autobahn sprechen sie über den zurückliegenden Tag. Kriminaloberkommissarin Steffens übersendet vorab aktuelle Fotos von Adelhard Meents, via Smartphone, an den Leiter der Sonderkommission Golfplatz und an den leitenden Staatsanwalt.

Stellt ihre Sitzlehne zurück und versucht, mit geschlossenen Augen das gehörte zu überdenken.

*

Adelhard bringt im Schutz der Dunkelheit sein Opfer in den Bunker, das Toppsegel entsorgt er in einem der hinteren Tunnel. Sören Henryson wird wieder wach, als Adelhard ihn entkleidet.

Halsabschneider, c 2021 Klaus-Dieter Budde

Blitzschnell schnallt Adelhard ihn an den Seziertisch und bereitet die Schächtung vor.

Er holt eine Akte, aus dieser geht hervor, dass Sören Henryson bisher nicht ein einziges sauberes und legales Investment angeboten hat. Im Gegenteil Henryson hat sich die Taschen mit dubiosen Anlageberatungen und faulen Investmentfonds auf Kosten der Investoren vollgestopft. 6.000.000 Dollar hat der gebürtige Schwede bei seinen Anlegern abgeschöpft. Wie diese ihn vor Gericht zerren, hat er sie aufs Schlimmste verhöhnt.

Adelhard muss sich schütteln, solch einen Ekel empfindet er für den Investmentmanager.

Nachdem er die Anklage verlesen hat, kommt er zu seinem Urteil: «Im Namen der von Ihnen betrogenen Investoren verurteile ich Sie zum Tod durch die Schächtung!», sagt Adelhard und schaut sein Opfer an.

Sören Henryson dämmert so langsam, dass das hier kein Scherz von Freunden ist. Adelhards Blick lässt ihn frieren.

«Was soll der Scheiß, mach mich hier los Du Spinner!», schimpft er Adelhard.

Dieser prüft die Schärfe seines Schächtmessers, schleift es über einen Riemen nach, setzt es an den vorderen Hals, oberhalb des Kehlkopfes an und zieht es mit einem schnellen Schnitt durch den Hals. Mit einer routinemäßigen Bewegung hebt er den Kopf an, damit der schlechte Lebenssaft den Körper barrierefrei verlassen kann. Danach entfernt er den Kopf mit einem Skalpell und präpariert ihn für die Kühlvitrine. Sauber gescheitelt und gegelt kommt Sörens Kopf in das

Halsabschneider, c 2021 Klaus-Dieter Budde

vorletzte Kugelglas und wird in die beleuchtete Vitrine gestellt. Adelhard reinigt und desinfiziert alles sorgfältig.

Den Leib von Sören Henryson bringt er in einem Leichensack verpackt zum Transporter.

Adelhard Meents hat gerade geduscht, als Jana anruft, sie will heute ins Kino. Adelhard, der keine Spontanaktionen mag, stimmt dennoch zu.

«Ich bin in einer halben Stunde vor dem Kino», sagt er und beeilt sich sein Haar, zu trocknen.

Wenig später ist er, mit der Leiche im Transporter, unterwegs zum CineStar Stade. Jana wartet schon auf ihn, gemeinsam suchen sie den Film aus. Sie entscheiden sich für, „Gut gegen Nordwind", einer Verwechslungsgeschichte die sich amüsant anhört. Fröhlich betreten sie mit einer Riesen Portion Popcorn bewaffnet die Vorstellung.

«Und wie war dein Tag heute?», will Jana von ihrem Rotschopf wissen.

«Ach, entspannt», antwortet Adelhard und drückt Jana sanft an sich.

*

Kriminaloberkommissarin Vivian Steffens und Kriminalkommissar Manuel Pieper sind zurück in der Dienststelle in Stade und haben die Kollegen über das Ergebnis ihrer Dienstreise in Kenntnis gesetzt, wie Staatsanwalt Gunnar Zipperlein in das Großraumbüro stürmt.

«Den kenn ich! Den kenn ich!», ruft er aufgeregt aus und zeigt auf das Foto, das Vivian von unterwegs gepostet hat.

«Wie jetzt? Sie kennen diesen Adelhard Meents?», fragt Kriminalhauptkommissar Heino Kleinemeier den aufgeregten Staatsanwalt.

Halsabschneider, c 2021 Klaus-Dieter Budde

«Kennen, ich habe den gesehen, ich überlege die ganze Zeit, wo das war», sagt Gunnar Zipperlein und rauft sich die Haare. Das ganze Team steht um den Staatsanwalt und wartet auf das Ergebnis seiner Gedankenrecherche.
«Nichts, wie weggeblasen! Ich komm nicht drauf», schimpft der Staatsanwalt leise und schaut sich um.
«Habt Ihr nichts zu tun, oder ist Pause?», mault er die anwesenden Beamten an, dreht sich um und verlässt unter heftigem Türknallen den Arbeitsraum der Sonderkommission Golfplatz.

Heino Kleinemeier bleibt cool, diese Art der Auftritte des Anklägers kennt er zu Genüge, das ist meist heiße Luft. Er teilt sein Team ein, von jetzt an wird verschärft nach diesem, Adelhard gesucht. Niemand hat eine Vorstellung wo sie anfangen sollen, denn außer dem Wissen, welches Vivian und Manuel aus Emden mitgebracht haben, wissen sie nichts vom Täter.
Keine Fingerabdrücke, keine DNA und nicht einmal Stoffreste, lediglich ein paar Krümel alter Erde. Der Kunststoffabrieb der von Leichentransportsäcken stammt, ist eine tote Spur, diese Art der Säcke werden weltweit wie Massenware verkauft.
Vivian bereitet für den Montag eine Öffentlichkeitsfahndung mit den neuen Bildern und einer exakten Personenbeschreibung vor. Heute am Samstag ist es schwer, da was zu erreichen. Kriminalhauptkommissar Kleinemeier will, dass sich sein Team zuerst eingehend mit dem neuen Sachverhalt vertraut macht.
Kriminalkommissar Manuel Pieper ist mit Akribie dabei auf einem Whiteboard die Morde auf einer Zeitstrecke

175

darzustellen, davon ausgehend, dass es sich bei den Schächtungen, um ein und denselben Täter handelt. Er stellt abschließend fest, dass die Abstände der Morde geringer werden.

«Nach meinen Berechnungen ist das nächste Opfer längst tot!», sagt er zu Heino Kleinemeier.

«Mal nicht den Teufel an die Wand.» Heino Kleinemeier will das nicht wahrhaben, bei Betrachtung der Aufzeichnungen auf dem Whiteboard, muss er dem jungen Kollegen Recht geben.

*

Jana verabschiedet sich auf dem Parkplatz vor dem CineStar mit einem langen Kuss von Adelhard. Sie werden sich die nächsten beiden Tage nicht sehen, da Jana einen geschäftlichen Termin in Berlin wahrnimmt.

«Bis Dienstagabend», verabschiedet sie sich und steigt in ihren Rangerover Evoque HSE, den ihr Björn vererbt hat, und fährt mit durchdrehenden Rädern davon.

Adelhard schaut ihr lange nach, gibt sich einen Ruck und eilt zu seinem Transporter. Moderater verlässt er wenig später den Parkplatz.

Da es spät ist, will er den Körper von Sören Henryson gleich wegbringen und fährt in Richtung, altes Land. Er biegt später von der Altländer Straße in den Obstmarschenweg nach links ab, über Schnee an Götzdorf und Borstel vorbei, biegt er wenige Kilometer weiter rechts in die Abbenflether Hafenstraße ein.

Er folgt der Ausschilderung zur Festung grauer Ort. Auf dem Besucherparkplatz der Festung stellt er sich zunächst in eine Ecke und wartet im Fahrzeug ab.

Nach einer Stunde, nichts hat sich bewegt, hier ist um diese Zeit absolut tote Hose, fährt Adelhard mithilfe der Rückfahrkamera ohne Licht langsam rückwärts, bis vor das verschlossene Tor der Festungsanlage. Mit einem enormen Bolzenschneider öffnet er den Torverschluss. Unter Zuhilfenahme einer faltbaren Sackkarre, die er in seinem Transporter mitführt, verbringt Adelhard den kopflosen Körper seines Opfers in den Innenbereich der Festungsanlage. Mitten auf dem großen Platz drapiert er den Körper von Sören Henryson, nimmt den Leichentransportsack und die Sackkarre mit zurück zum Fahrzeug und fährt, zunächst ohne Licht, zurück nach Stade Ottenbeck. Dort angekommen stellt er sich unter die heiße Dusche, um zu entspannen.

*

Frau von Klippersdorf fährt in Eilendorf auf ihre Einfahrt zu. Wie sich das automatische Rolltor öffnet, springen vier vermummte Polizeikräfte des MEK vor ihren Wagen und nötigen sie auszusteigen. Jana steigt langsam mit erhobenen Händen aus, sie ist verängstigt, ob der Waffen, die die Polizisten auf sie richten. Nachdem man sie auf Waffen untersucht hat, entspannt sich die Lage.

Kriminalhauptkommissar Kleinemeier übernimmt mit seinem Team die weiteren Untersuchungen. Er begleitet, mit Vivian Steffens zusammen, Jana von Klippersdorf ins Haus, die Hauswirtschafterin steht mit zwei Frauen, augenscheinlich Angestellte des Hauses, in der Empfangshalle. Sie entschuldigt sich bei Frau von Klippersdorf dafür das, sie sie nicht benachrichtigt hat.

Halsabschneider, c 2021 Klaus-Dieter Budde

«Frau von Klippersdorf wir durften Sie nicht informieren, die Polizei hat das nicht erlaubt», jammert die Wirtschafterin.

Jana von Klippersdorf winkt ab und geht mit den Kriminalen in ihr geräumiges Büro.

«So, ich möchte eine gute Erklärung für diese Aktion hören, ansonsten werde ich rechtliche Schritte gegen Sie einleiten!», blafft sie die Stader Kriminalbeamten an.

Kriminaloberkommissarin Vivian Steffens beschwichtigt und bittet Jana von Klippersdorf, sich zu setzen.

«Frau von Klippersdorf, der zuständige Staatsanwalt Herr Zipperlein, ein Nachbar von Ihnen, der unter anderem den Tod Ihres Mannes untersucht. Hat vor ein paar Tagen, am frühen Morgen, einen weißen Transporter beobachtet, der auf Ihr Grundstück gefahren ist. Der Fahrer war mittleren Alters und hatte rotblonde Haare. Klären Sie uns auf, wer der Fahrer ist und was er hier bei Ihnen wollte?»

«Ja wenn es weiter nichts ist, das ist Adelhard Meents mein neuer Lebensgefährte, wie Sie ja bemerkt haben, war die Beziehung zu meinem Ex eh eine Zweckgemeinschaft. Ich habe mich neu verliebt, das mag pietätlos sein, ist meines Wissens nicht verboten», antwortet Jana von Klippersdorf und setzt sich mit verschränkten Armen in ihren Bürostuhl.

Vivian schaut Heino Kleinemeier an, die von Klippersdorf weiß nicht, wer Adelhard Meents ist, sonst würde sie hier nicht locker vom Hocker von ihrer neuen Liebschaft erzählen. Vivian überlässt Kriminalhauptkommissar Heino Kleinemeier das Feld.

«Frau von Klippersdorf», beginnt Heino behutsam.

«Wir haben recherchiert das Ihr neuer Lebensgefährte voraussichtlich der mutmaßliche Täter von sechs Morden an Investmentmanagern und Investmentbankern ist. Ich bitte Sie, nennen Sie uns den derzeitigen Aufenthaltsort ihres Geliebten.»

Jana von Klippersdorf schaut von einem zum anderen und schüttelt den Kopf: «Nein, das kann unmöglich Adelhard sein, über den Sie da sprechen», sagt sie und schüttelt wieder den Kopf.

Heino Kleinemeier berichtet ihr alles, was sie über Adelhard Meents wissen und warum er als Täter infrage kommt.

«Sie müssen das so verstehen: Der Adelhard den Sie kennen, ist nicht der Mörder. Der, den Sie kennen, das ist der andere, Adelhard, der liebe einfühlsame Begleiter.»

Jana von Klippersdorf nickt verstehend, ist aber nicht überzeugt. Erst nachdem Vivian mit ihr gesprochen hat, begreift sie die ganze Situation. Gemeinsam gehen sie die Daten der Morde durch und Vivian stellt mit der Unterstützung von Jana fest, dass Adelhard an den Tagen oder Nächten nicht mit Jana von Klippersdorf zusammen war. Jana, die überaus kooperativ ist, hilft mit Auskünften, wo sie kann. Sie hat das Kennzeichen des Transporters, einem Sprinter und kann ihnen Auskunft zum Wohnsitz geben.

«Adelhard hat mir gesagt, dass er in der alten Kaserne in Ottenbeck in einem ehemaligen Unterkunftsgebäude wohnt», berichtet Jana von Klippersdorf.

Wo genau weiß sie nicht, das werden sie herausbekommen.

Nachdem die Polizei wieder abgerückt ist, schreibt Jana eine WhatsApp an Adelhard, sie leistet ihm einen letzten Dienst und warnt ihn.

*

Zurück in der Dienststelle erreicht sie die nächste Hiobsbotschaft. Inmitten der Festung grauer Ort in Abbenfleth wurde wieder ein kopfloser Körper gefunden.
Kriminalkommissar Jörg Merkens macht sich mit Kriminaloberkommissarin Vivian Steffens auf zum Ablageort.
Die Rechtsmediziner und die Spurensicherung sind vor Ort, als sie eintreffen.
Dr. Birkenfels hat auch dieses Mal keine guten Nachrichten.
«Wie bei den letzten Opfern haben wir hier keinerlei Spuren zu erwarten, der Körper ist klinisch rein», sagt die Medizinerin und zieht dabei entschuldigend die Achseln nach oben.

Die Spurensicherung verspricht sich was von dem Schloss, welches sie in einem Abfallbehälter gefunden haben. Vivian macht sich da keine Illusion, warum sollen heute Spuren am Ablageort sein.
Der Leiter vom, Grauer Ort, einem historischen Ort, der mit allerlei Events die umliegende Bevölkerung anlockt, drängt darauf, dass die Festung, spätestens bis morgen 17:00 Uhr wieder freigegeben wird. Denn am morgigen Abend findet dort ein Klassikkonzert eines lokalen Ensembles statt.
Vivian Steffens sagt das, nach Rücksprache mit den beteiligten Ermittlern zu. Was mit zwei Freikarten für den Abend belohnt wird. Vivian verschenkt diese gleich darauf an die beiden Streifenbeamten, die hier die ganze Nacht gewacht haben.

180

Jörg erwähnt, dass man die Karten gut bei eBay hätte verkaufen können, schweigt jedoch, wie er den Blick von Vivian spürt.

*

In Stade bei der Sonderkommission Golfplatz laufen die Drähte heiß, die Ermittler versuchen herauszubekommen, wo Adelhard Meents untergeschlüpft ist. Das Kennzeichen hilft nichts, da der Wagen auf die Firma in Emden zugelassen ist. Keiner der Mitarbeiter in der Geschäftsführung in Emden hat Kenntnis von der Existenz des Transporters.
Am Wochenende sind ihnen die Hände gebunden, da die infrage kommenden Behörden und Ämter geschlossen sind.
Der Staatsanwalt, dem Gott sei Dank wieder eingefallen ist, wo er Adelhard gesehen hat, setzt mit Kriminalhauptkommissar Kleinemeier auf die am Montag beginnende Öffentlichkeitsfahndung.

*

Adelhard Meents schaut in Gedanken an den schönen Abend mit Jana auf sein Smartphone und erschrickt. Jana hat ihm eine Warnung gesendet, die Polizei war bei ihr und hat nach ihm gefragt. Shit! Adelhard überlegt flugs die für solch einen Fall geplanten Maßnahmen. Sofort macht er sich daran seine gesamten Vorräte in den Bunker zu bringen, Lebensmittel für drei Wochen, Trinkwasser in Kunststoffkanistern und Kleidung in allen Ausstattungsvarianten. Nach ca. zwei Stunden ist das meiste erledigt, Adelhard wird ruhiger, er brüht sich einen Bünting Tee auf und füllt seine Thermoskanne damit. Dann verstaut er seine persönlichen Unterlagen im Rucksack und geht in den Keller.

Hier steht das Verstecken des Bunkereinganges auf seinem Plan. Nachdem er die Drückergarnitur abmontiert hat. Schiebt Adelhard einen riesigen Eichenschrank vor die Tür, bläst Staub aus seinem Staubsaugerbeutel auf und um den Eichenschrank. Drapiert zwei Wäscheständer mit Wäschestücken in dem Kellerraum und ist zufrieden mit seinem Werk.

Bevor er das Haus verlässt, zerstört er den GPS-Einbau und das Navigationsgerät an seinem Sprinter. Reinigt alle bewohnten Räume aufs Gründlichste, um mögliche Spuren seiner Opfer, die beim Transport in den Keller passierten, auszuschließen.

Als alles clean ist, fährt er mit seinem Fahrrad zum Harschenflether Weg und holt seinen zum Camper umgebauten Leichenwagen. Adelhard fährt über die B73 nach Eilendorf, er will Jana von Klippersdorf abholen, denn ohne Jana kann er sich eine Zukunft nicht vorstellen.

Langsam rollt er die Straße, in der Jana wohnt hinunter, das Fahrlicht hat er ausgemacht. Unweit des Anwesens der von Klippersdorf, an einer hohen Buchenhecke stellt er den Wagen ab und geht zu Fuß bis zum Tor.

Mit einem Satz springt er über den ca. 80cm hohen Zaun und schleicht ums Haus, da alles Dunkel ist, geht er davon aus, das die Bewohner schlafen. Adelhard nimmt seinen Schlüssel, den er von Jana bekommen hat, und schließt geräuschlos die hintere Tür eines Nebeneingangs auf.

Behutsam tastet er sich vor, bis zu dem Schlafzimmer, wo er sich mit Jana vergnügt hat. Adelhard geht nicht davon aus, dass Jana freiwillig mitkommen wird. Dafür war ihre WhatsApp zu unpersönlich verfasst. Er gießt Äther auf ein weiches Tuch, öffnet die Schlafzimmertür und gleitet hinein.

Halsabschneider, c 2021 Klaus-Dieter Budde

Mit schnellem Schritt ist er am Bett und drückt Jana das Tuch über Nase und Mund. Nach kurzer Gegenwehr erschlafft ihr makelloser Körper und Adelhard spritz ihr ein Sedativum. Er sucht geräuschlos nach einer Reisetasche und wird im Umkleidezimmer fündig, geschwind packt er Jana ein paar Sachen ein und bringt die Tasche zum Wagen. Danach holt er Jana aus dem Haus, die neben ihm hergeht, als wäre sie betrunken. Losgelöst schaut sie ihn immer wieder liebevoll an und weiß nicht, was mit ihr passiert. Adelhard verfrachtet sie auf dem Beifahrersitz und fährt langsam von dem Wohngebiet in Eilendorf zur B73.

Er fährt von hinten über die Harsefelder Straße an den ehemaligen Standortübungsplatz der Bundeswehr heran, unweit der Feuerwache Stade, Zug II, geht ein unbefestigter Weg bis nahe an den jetzigen Landschaftspark heran. Adelhard packt sich Jana von Klippersdorf auf die Schulter und bringt sie im Schutz der Nacht bis an den Notausstieg des Bunkers. Er hat Glück, Nebelschwaden, die über das abgegraste Weideland wabern, geben ihm bei seinem Tun zusätzlich Schutz. Er lässt Jana langsam in den Durchschlupf gleiten und rennt zurück zum Fahrzeug. Adelhard holt die Reisetasche, die er für Jana gepackt hat, und steigt ebenfalls hinab in den Stollen. Mühsam schleppt er seine Geliebte Jana in den Bunker. Zunächst legt er sie in den Zellentrakt auf die Pritsche und kümmert sich um den Kellerzugang. Mit vorbereiteten Vierkanthölzern sichert er die schwere Stahltür zusätzlich gegen Druck von außen, eine zugeschnittene riesige Schaumstoffmatratze presst er in den Durchgang vor die Tür, das ist Schall- und Splitterschutz.

Halsabschneider, c 2021 Klaus-Dieter Budde

Sichtlich entspannt eilt er zurück in die ausgebaute Bunkeranlage. Da Jana schläft, kümmert Adelhard sich zuerst um sein Fahrzeug. Adelhard parkt den Camper auf einem Wanderparkplatz im Rüstjer Forst und fährt mit dem Fahrrad, das er mitgenommen hat, zurück nach Ottenbeck. Das Rad schließt er an einer Laterne an und schleicht zu Fuß zum ehemaligen Standortübungsplatz. Er verwischt alle Spuren im Umfeld des Bunkernotausstiegs und gleitet hinein. Von unten verschließt er die Öffnung und geht durch den langen Stollen zu Jana, die mittlerweile wach ist und ängstlich auf der Pritsche sitzt.

Kapitel 10

Der Polizeiapparat läuft auf Hochtouren, die ersten
Meldungen aus der Bevölkerung kommen herein. Ein paar
brauchbare sind dabei, man hat Meents im Stadeum gesehen,
beim Bäcker und bei einer amerikanischen Fast-Food-Kette.
Spät am Abend, oder in der Nacht.
Gegen 10:00 Uhr nimmt Kriminaloberkommissarin Vivian
Steffens ein Gespräch entgegen, welches sie voranbringt.
Ein Herr Hartmut Münch vom Bauamt Stade, hat einen
Bauantrag in Ottenbeck genehmigt, der auf den Namen
Meents ausgestellt war. Vivian bedankt sich und schreibt die
Adresse auf. Jetzt geht alles sehr schnell, das MEK wird
angefordert und die örtliche Polizei wird angewiesen, den
Bereich um die Adresse weiträumig zu sperren.
Eine Zivilstreife hat, in einer vorbeifahrt festgestellt, dass der
Transporter vor der Haustür des Gebäudes steht.
Kriminalhauptkommissar Heino Kleinemeier der den Einsatz
leitet, ist mit Kriminalkommissar Jörg Merken unterwegs zum,
Claus-von-Stauffenberg-Weg in Ottenbeck.
«Ah, das Gebäude kenne ich, hab da oft geputzt», bemerkt
Jörg Merkens.
Heino schaut seinen Kollegen fragend an. Er kann sich alles
vorstellen, dass Jörg je in seinem Leben einmal geputzt hat,
war jenseits seiner Vorstellungskraft.
Jörg klärt ihn auf.

Halsabschneider, c 2021 Klaus-Dieter Budde

«Ich war hier Rekrut in der 5. Kompanie und da ich an den Geländetagen stets krank war, musste ich in Ersatzleistung sozusagen halt Putzen.»

Heino grinst, er kann sich gut vorstellen, dass Jörg sich vor der Geländeausbildung gedrückt hat, frische Luft ist heute noch nicht sein Ding. Wie sie eintreffen wird Heino kurz vom Einsatzleiter des MEK über die Lage informiert.
«Das Gebäude ist, umstellt und alle Ausgänge gesichert.»
«Gut! Wir warten noch auf den Staatsanwalt, dann gehen wir rein!», sagt Heino Kleinemeier und schaut auf seine Uhr.
Heute ist er pünktlich, Staatsanwalt Gunnar Zipperlein fährt mit einem Dienstwagen vor und zeigt den Daumen nach oben.
«Ok, geht los!», gibt Heino über Funk dem MEK Bescheid und lässt das Gebäude stürmen.

Mit brachialer Gewalt stemmten sie die Haustür mit einer Ramme auf, sofort rücken vermummte MEK Beamte in ihrer Schutzausrüstung das Gebäude. Heino und der Staatsanwalt hören über Funk die so genannten Freimeldungen aus den einzelnen Räumen. Dann kommt: «Gebäude frei, keine Person im Haus!»
Der Leiter des MEK zieht seine Mannschaft zurück und die Spurensicherung übernimmt das Feld.

Heino und Jörg die, weiße Schutzanzüge tragen, begeben sich mit dem Staatsanwalt zuletzt in das Gebäude. Hier ist alles picobello sauber und gepflegt, die Wohnung wirkt aufgeräumt und bewohnt, im Keller hängt Wäsche zum Trocknen auf ein paar Wäscheständern. In den Schränken sind Bekleidung und

Halsabschneider, c 2021 Klaus-Dieter Budde

das Übliche, was ein Mann für sich zum Leben benötigt.
Nirgends ist ein Hinweis auf die Opfer oder zu den Morden zu
finden. Enttäuscht gehen die drei wieder hinaus.
«Setzt alle Hebel in Bewegung das wir diesen Meents finden!
Der ist hochintelligent, das sieht man schon daran, dass er
nirgendwo Spuren hinterlässt. Es wird schwer, ihm die Taten
nachzuweisen», sagt der Staatsanwalt und lässt die drei
Kriminalen stehen.

*

Adelhard hat sich zu Jana auf die Pritsche gesetzt und versucht
ihr zu erklären, warum er das alles getan hat. Jana will raus
aus dem Bunker und nichts mehr mit ihm zu tun haben.
Adelhard ist verzweifelt, was soll er tun, um Jana davon zu
überzeugen, dass Schluss ist mit dem Töten.
Er liebt Jana abgöttisch, kann sie nicht laufen lassen, es sei
denn sie hält zu ihm und sie heiraten.
«Nie werde ich einen bestialischen Mörder heiraten!», schreit
Jana völlig von Sinnen und deutet auf den Vitrinen Schrank,
mit den Häuptern der Opfer.
Adelhard schafft es, Jana wieder zu beruhigen, unverdrossen
redet er auf sie ein.
«Hast du was zum Trinken für mich?», fragt Jana.
«Ja klar was möchtest du, Wein oder Wasser?»
«Gib mir einen Wein», bittet Jana und Adelhard geht hinüber
zu seinem Weinkühlschrank, den er aus der Wohnung
mitgenommen hat, und schenkt ihr einen trockenen Rotwein,
einen Artero Coleccion Privada Crianza von 2015 ein. Jana, die
keine Lust hat, den Wein zu bewerten, wie sie es sonst immer
tut, kippt das erste Glas in einem Zug hinunter und fordert,
das Adelhard nachschenken soll.

187

«Nun mach schon, bevor ich hier durchdrehe, ich muss mich betäuben», sagt sie und schaut Adelhard auffordernd an. Adelhard fügt sich und versteht langsam, dass der Zug mit Jana abgefahren ist. Er denkt darüber nach, was er mit Jana anfangen soll. Denn für ihn ist klar, hier wird sie nicht mehr herauskommen. Adelhard setzt zunächst auf Zeit.

*

Zwei Tage später, Kriminalhauptkommissar Kleinemeier und Kriminaloberkommissarin Steffens sind unterwegs zum Forst Ort Rüstje, einem Staatsforst im Südosten von Stade. Dort hat der Förster einen Camper auf einem Parkplatz gesehen, der seit Tagen nicht bewegt wurde. Wie sie auf den Parkplatz fahren, sehen sie einen Leichenwagen, einen den man für Überführungen benutzt, der zu einem Campingmobil umgebaut ist.
Erfolgversprechend an dem Wagen ist das Kennzeichen, EMD, für Emden. Die Spurensicherung ist bei der Arbeit.
Von einem Vermieter in Stade bekamen sie den Tipp, dass solch ein Camper bei ihm im Harschenflether Weg gestanden hat. Bisher konnten sie das nicht zuordnen, erst als der Weidmann anruft, kommt das Puzzle zusammen.

«Ja, langsam wird es eng für den Täter, wir kommen ihm immer mehr auf die Schliche», frohlockt Vivian Steffens. Heino Kleinemeier ist da skeptischer.
«Wir können ihm nicht einen Mord beweisen, keine Spuren, kein Täter», sagt er zu Vivian und schaut sich bei den Mitarbeitern der Spurensicherung um.
«Habt Ihr was?», fragt er einen Mitarbeiter.

Halsabschneider, c 2021 Klaus-Dieter Budde

«Nee, das ist wie immer in diesem Fall, kein Hinweis auf die Opfer.
Was wir nachweisen können ist, dass Adelhard Meents der Besitzer des Fahrzeugs ist, der Kaufvertrag liegt im Handschuhfach. Meents hätte den Wagen lange ummelden müssen», erklärt ihm der Mitarbeiter der Spurensicherung und macht sich weiter an seine Arbeit.

Kriminalhauptkommissar Kleinemeier wendet sich an seine Kollegin: «Vivian, ich glaube fest daran, dass die Lösung in Ottenbeck liegt, lass uns da wieder hinfahren und in Ruhe durchdenken, wie er vorgegangen ist.»
Vivian nickt verstehend und gemeinsam laufen sie zu ihrem Dienstwagen. In Ottenbeck entfernen sie das Polizeisiegel an der Tür und betreten die leere Wohnung. Jeder der beiden durchschreitet die Räume in seiner Reihenfolge und sucht nach irgendeinem Hinweis. Im Keller fällt Vivian auf, dass die Wäsche, die auf den Wäscheständern hängt, ungewaschen ist.

«Heino kommst du mal runter in den Keller», ruft sie ihren Kollegen zu sich.
Gemeinsam versuchen sie, das Rätsel zu lösen. Warum macht jemand dreckige Wäsche nass und hängt sie zum Trocknen auf? Beide hocken sich hin und schauen sich den Kellerraum mit äußerster Sorgfalt an, sie haben da ihre Methode. Wenn jemandem was auffällt, sagt er es deutlich, um den anderen aufmerksam zu machen. Heino sagt: «Staub im Raum».
Vivian konzentriert sich auf den Staub und ihr fällt auf, dass die anderen Räume im Haus picobello gereinigt sind.

«Warum ist hier Staub und in den anderen Räumen im Haus nicht?», sagt sie.

Heino, der dabei ist, den Schrank mit den Augen abzuscannen, nickt: «Hier wird was versteckt, wo ist die Lösung?»

Er nähert sich dem Schrank, es ist ein alter schwerer Eichenschrank, der hier bestimmt Jahre im Keller steht.

«Der Schrank, der passt hier nicht hin!», ruft Vivian und tritt an das Möbel heran.

Gemeinsam versuchen sie, den Schrank zu verschieben, mit hohem Kraftaufwand gelingt es, ihn ein kärgliches Stück von der Wand zu ziehen.

«Schau», zeigt Heino Kleinemeier, «da ist eine Tür dahinter.»

Vivian sieht es und zieht Heino beiseite: «Lass da unsere Spezialisten ran, unter Umständen ist die Tür mit einer Überraschung gesichert», warnt sie und gemeinsam verlassen sie den Kellerraum.

Oben in der Wohnung hat Heino Handyempfang und ruft die Spurensicherung zurück in das Gebäude in Ottenbeck, «und bringt einen Sprengstoffspezialisten mit, falls die Tür gesichert ist», sagt er seinem Gesprächspartner von der Spurensicherung und beendet das Gespräch.

Mit Vivian wartet er auf die Kollegen, die Anspannung bei Vivian und ihm ist zum Zerbersten, am Ende des Tages haben sie was gefunden.

*

Adelhard hat sich beruhigt, Jana die auf der Pritsche in der offenen Zelle liegt, scheint zu schlafen, sie hat wieder die ganze Flasche des guten Weines wie Wasser getrunken.

Adelhard will zur Kellertür, um zu horchen, ob die Polizei schon in seiner Wohnung ist. Er hadert mit sich, ob er die Zelle mit Jana abschließt, verzichtet letzten Endes darauf und hastet in den Gang zu seinem Keller. Nachdem er die dicke Schaumstoffmatratze beiseite geräumt hat, schreitet er an die Tür und legt sein rechtes Ohr an den kalten Stahl der Tür. Adelhard hört Geräusche und lauscht aufmerksam.

Auf diesen Augenblick hat Jana tagelang gewartet, mit einem Satz ist sie hoch und hetzt zur Tür, die zum Notausstieg führt, sie hat sich trotz ihrer schweren Sedierung den Weg gemerkt. Jana rennt um ihr Leben, stößt hier und da an irgendwelche Gegenstände, die hier herumstehen, das ist ihr egal, sie lebt und das soll auch so bleiben. Wie sie den Ausgang erreicht, entfernt sie zuerst den provisorischen Verschluss der Öffnung und klettert, eilig die Faltleiter hinauf. Oben angekommen, schont sie sich nicht und zieht unter immenser Kraftanstrengung die Faltleiter aus dem Loch und wirft sie abseits ins Unterholz. Jana, die lediglich ihr Nachthemd und Schlafshorts trägt, rennt, so schnell sie kann, weg vom Notausgang. Als sie ein beleuchtetes Fenster in kurzer Entfernung sieht, hastet sie darauf zu und klingelt Sturm.

«Ja, ja, ich komme ja», hört sie eine Männerstimme.

Die Tür öffnet sich und Jana bringt nur noch ein, «Bitte helfen Sie mir!», heraus, danach fällt sie in Ohnmacht.

Der Bewohner fängt sie geschickt auf und verhindert, dass sie auf das Pflaster aufschlägt. Fürs Erste legt er Jana auf sein Sofa, dann verschließt er seine Haustür und ruft die Polizei und den Rettungswagen.

Er betrachtet die Frau, sie ist total mit Erdreich verdreckt und mit Nachtwäsche bekleidet. Was hat diese Frau durchgemacht? In ihrer Ohnmacht sieht sie sehr verängstigt aus.

Halsabschneider, c 2021 Klaus-Dieter Budde

Der Mann legt eine Wolldecke über Jana, er weiß nicht, ob das angemessen ist, jedenfalls hat er den Eindruck, dass sie friert. Da hört er das Martinshorn, schnell geht er zur Tür und winkt den Rettungswagen heran. Die Polizei folgt mit einem Streifenwagen.

Derweil sich die Sanitäter um die Ohnmächtige kümmern, befragen die Polizisten den Bewohner. Einer der Beamten wird stutzig, wie er hört, dass die Bewusstlose voll Erdreich ist, und telefoniert daraufhin mit seiner Dienststelle.

«Ok, wir bleiben bei der Frau bis wir abgelöst werden», wiederholt der Polizist seine Order und sagt zum Sanitäter: «Wir begleiten die Dame ab sofort auf Schritt und Tritt, das ist zu ihrem Schutz.»

Der Sani nickt nur, kurze Zeit später wird die Frau, die noch ohnmächtig ist, mit einem Tropf versorgt und im Rettungswagen ins Elbeklinikum verbracht. Gefolgt von einem Polizeiwagen.

*

Adelhard hat genug gehört, die Polizei ist dabei die Tür zu öffnen, das wird ein schwieriges Projekt, dafür hat er gesorgt. Er geht davon aus, dass er mit Jana ca. eine Stunde hat, um den Bunker zu verlassen. Da Jana nicht mitspielt, fasst er einen Entschluss. Jana wird geschächtet. Langsam schreitet er den Gang zurück in den Bunker und schaut nicht schlecht, da die Zelle leer ist.

«Verfluchter Mist, wo ist die wieder hin?», flucht Adelhard lauthals und sucht den Bunker ab.

Jana hat sich nirgends versteckt, wie er zuerst vermutet hat. Adelhard eilt zur Tür, die zum Notausgang führt, sie ist nicht verschlossen. Er weiß, dass er die Tür abgeschlossen hat.

Halsabschneider, c 2021 Klaus-Dieter Budde

«Da ist sie», murmelt er vor sich hin, nimmt den Elektroschocker und seine Stirnlampe und folgt Jana durch den Stollen.

Adelhard vermutet, dass Jana in einem abseitigen Stollen Unterschlupf gesucht hat, und sucht eine Abseite nach der anderen ab. Nichts, rein gar nichts ist von Jana zu finden. Adelhard arbeitet sich weiter durch die Abseiten.

Plötzlich vernimmt er eine Detonation.

Die haben doch nicht den Eingang im Keller aufgesprengt? Befürchtet Adelhard. Es wird ihm bewusst, dass er keine Zeit mehr hat, er muss schleunigst fliehen.

Aufgeregt rennt er zum Notausgang und schaut ins Leere. Alles ist weg, das Material, das er für den provisorischen Verschluss genutzt hat, liegt verstreut im Stollen herum. Die Faltleiter für den Aufstieg fehlt. Adelhard springt nach oben und versucht, den Rand der Ausstiegsöffnung zu greifen, er springt ganze fünfzig Zentimeter zu kurz. Adelhard schaut sich panisch um, er braucht irgendetwas, wo er sich daraufstellen kann. Hier ist nichts, also zurück zum Bunker.

*

Die Fachleute der Spurensicherung staunen nicht schlecht, wie sie die Stahltür hinter dem Schrank sehen.

«Da geht es zu einem der alten Bunker», erklärt Kriminalhauptkommissar Kleinemeier den Spurensicherern. «Die Vermutung hatten wir auch, haben keinen Einstieg gefunden.» Die Männer machen sich an die Arbeit.

«Dreifache Verriegelung und sicherlich von hinten abgestützt», folgern sie aus ihren Untersuchungen.

«Wir trennen die Tür mit einer Sprengschnur auf, wenn Sie

bitte den Keller verlassen!», ordnet der Leiter der Spurensicherung an und weist auf die Treppe.

Alle bis auf den Sprengmeister verlassen den Raum. Nach einer Viertelstunde hören sie eine trockene Detonation und werden wieder hinuntergebeten. Wie sich der Staub gelegt hat, betreten zuerst Kriminalhauptkommissar Kleinemeier und seine Kollegen Pieper und Steffens mit, schusssicheren Westen bekleidet, den Gang hinter der Tür. Nach zwei Metern ist vorerst Schluss, eine monströse Schaumstoffmatratze versperrt den Weg.

Die drei quetschen sich an der Seite durch und betreten nach ca. 75m einen enormen Bunker, der in einem diffusen Licht einer Art Notbeleuchtung eingetaucht ist. Sie sichern zu allen Seiten und durchsuchen die Räumlichkeiten. Der Täter ist nicht hier. Heino holt die Spurensicherung in den Bunker, wie ihn Jörg Merkens von hinten aus dem Keller ruft. Heino Kleinemeier geht zurück in den Keller und trifft dort auf Jörg. «Was machst du denn hier? Ich denke, du hältst die Stellung in der Dienststelle?»

«Wir haben Jana von Klippersdorf im Elbeklinikum! Adelhard Meents hat sie hier im Bunker gefangen gehalten und wollte sie umbringen, sie konnte fliehen.

Die von Klippersdorf sagt, das Meents sich im Bunker befindet, sie hat angeblich seinen Notausgang zerstört», berichtet Jörg Mertens aufgeregt.

«Ok Jörg, sieh zu das du mit einem Hundeführer und einigen Beamten das Areal absucht, welches die Klippersdorf euch beschrieben hat, wir versuchen, von hier den Täter zu stellen.» Merkens verlässt, ohne sich umzuschauen, den Keller.

Halsabschneider, c 2021 Klaus-Dieter Budde

Auf der Treppe telefoniert er nach Verstärkung und einem Hundeführer.

Vivian ist mit zwei Beamte des MEK in einen Stollen geeilt, dessen Eingang von einem Paravent verdeckt war. Ein bestialischer Gestank schlägt ihnen entgegen, unerträglich. Mit Handscheinwerfern leuchteten sie jede Ecke des Stollenlabyrinths aus. Alles ist hier unten weit verzweigt und die abseitigen Stollen stehen voller Gerümpel und alten Plastikfässern. Vivian ruft Verstärkung über ihr Funkgerät, denn allein brauchen sie hier unten Stunden, um das alles zu durchsuchen. Heino Kleinemeier ist mit einem Trupp den Hauptgang entlanggelaufen, um den Notausstieg zu suchen. Nach gefühlten dreihundert Metern spüren sie einen Luftzug, Heino deutet den anderen in die Hocke zu gehen.

Langsam arbeiteten sie sich, ohne Licht, weiter vor. Sie haben das Ende des Stollens erreicht. In der Mitte hat jemand allerlei Unrat, der hier überall herumsteht aufgestapelt, mit der Absicht aus der sich über dem Stapel befindlichen Öffnung zu steigen. Heino versucht es, es gelingt nicht.

«Der Täter muss hier im Bunker sein!», warnt Heino Kleinemeier über Funk seine Kollegen.

Er teilt einen Beamten ein, den Notausstieg zu bewachen, und arbeitet sich mit den anderen rückwärts durch das Stollenlabyrinth. Meter für Meter arbeiten sie sich vor.

Ein MEK-Mann seiner Truppe kriecht in einen abseitigen niedrigen Belüftungsstollen, um dort nach dem Rechten zu sehen. Nach ca. zehn Metern er will sich aufrichten, da hier wieder eine normale Deckenhöhe ist, da spürt er einen stechenden heißen Schmerz im Rücken und fällt hin.

*

Auf diese Chance hat Adelhard gewartet, schnell entkleidet er den vermummten MEK-Beamten und fesselt ihn mit seinen eigenen Handschließen. Adelhard legt die Uniform des Mannes an, setzt die Sturmhaube auf, zieht Koppelzeug und Schutzhelm an, überprüft nochmal alles und macht sich auf den Weg in den Hauptstollen zurück. Dort schließt er sich der suchenden Gruppe an.

Den Elektroschocker hat Adelhard zur Sicherheit unter seiner Jacke verborgen. Wie seine Gruppe nach rechts in einem abseitigen Stollen verschwindet, geht Adelhard weiter geradeaus, er tut, wie wenn ihm übel ist und er sich jeden Moment übergeben muss. Die Kollegen, die ihn sehen, machen rasch Platz und schauen ihm mitleidig nach.

Er schafft es bis in den Keller, auch hier verfehlt sein Verhalten nicht die Wirkung. Die Kameraden machen sofort Platz wie er nach oben, an die frische Luft stürmt.

Draußen eilt er hinter einen Einsatzwagen der Polizei und wartet. Keiner hat ihn weiter beachtet, die herumlaufenden Beamte haben genug mit ihrem Auftrag zu tun. Da ist ein Kollege, dem es schlecht geht, nicht von Bedeutung.

Langsam schleicht sich Adelhard fort, es dämmert schon, er muss sich beeilen.

*

Zwei Stunden haben sie den Untergrund durchsucht, bisher ist keine Spur von Adelhard Meents zu finden.

Jörg, der den Notausgang auf dem ehemaligen Standortübungsplatz gefunden hat, meldet auch keinen Erfolg.

Heino bittet ihn, den Eingang von außen zu bewachen, denn er will den Kollegen, der innen aufpasst, von dem Gestank im Stollen erlösen.

Halsabschneider, c 2021 Klaus-Dieter Budde

Jörg sagt das zu und Heino ruft seinen Mann zurück.

Eine viertel Stunde später, alle stehen vor der Tür und schnappen frische Luft, erreicht sie ein Hilferuf über Funk aus dem Bunker. Der zurückkommende Beamte hat einen Kollegen vom MEK gefunden. Sanitäter bergen den Mann aus der Bunkeranlage, der Mann ist in Unterwäsche und stark unterkühlt.

«Hier eine Brandmarke am Rücken», sagt der behandelnde Notarzt, «das sieht nach einer Teaser Marke aus», erklärt er dem Kriminalhauptkommissar.

Heino Kleinemeier lässt sofort alle Einsatzkräfte antreten und befragt sie nach außergewöhnlichen Auffälligkeiten. Zuerst sagte keiner was, dann meldet sich ein Beamter und berichtet von einem MEK Beamten, dem übel war und der den Bunker fluchtartig verlassen hat. Heino fragt in die Truppe, ob dieser Beamte anwesend sei. Keine Antwort, somit ist klar, Meents war ihnen entkommen.

«Verdammte Scheiße!», flucht Heino und schlägt mit seiner Faust so heftig auf das Dach seines Dienstwagens, das dort eine großflächige Beule entsteht. Kriminaloberkommissarin Steffens beruhigt ihn wieder.

«Heino, fahr in die Dienststelle und leite die Fahndung, ich bleibe hier und kümmere mich um den Bunker», sagt sie und klopft ihren Kollegen aufmunternd auf die Schulter.

«Ok, so machen wir das!», sagt Heino und versucht, die Beule wieder aus dem Autodach zu bekommen.

*

Adelhard hat es bis zu seinem Fahrrad geschafft. Unterwegs stibitzt er sich in einer Halle, die zu einem Elektromaschineninstandsetzungsbetrieb gehört, einen Blaumann. Die Halle stand offen und die ersten Arbeiter standen in einer Ecke herum, um zu klönen, das hat er genutzt. Jetzt ist er mit dem Rad unterwegs zum Rüstjer Forst, er will sein Fahrzeug holen, um unterzutauchen.

Wie er auf den Parkplatz kommt, ist der Wagen weg.

Adelhard überlegt, was er machen soll, als ihm der Zufall zur Hilfe kommt. Ein Transporter eines renommierten Windkraftanlagenherstellers fährt auf den Parkplatz, der Fahrer springt aus dem Fahrzeug und stellte sich an einen Baum, um Wasser zu lassen.

Adelhard schleicht sich an das Fahrzeug und wartet, bis der Mann zurückkommt. Er traktiert ihn mit dem Stab-Teaser und verfrachtet ihn in den Laderaum, dort fesselt und knebelt er den Monteur und lässt ihn am Boden liegen. Adelhard schnappt sich, eine Latzhose und eine Arbeitsjacke, die im Fahrzeug hängen und zieht sich um. Die Uniform des MEK-Beamten entsorgt er samt Koppelzeug und Funkgerät in einer Mülltonne auf dem Parkplatz.

Die Waffe des Mannes behält er, es scheint ihm zu gefährlich diese einfach in der Mülltonne zu entsorgen. Er legt sie ins Handschuhfach des Transporters.

Bevor er losfährt, setzt er sich die Pudelmütze des Fahrers auf, die auf dem Beifahrersitz liegt. Er versucht so schnell wie möglich, die A1 zu erreichen, er hat eine Ahnung, wer ihn verraten hat, und das soll nicht ungesühnt bleiben.

*

Ein riesiges Team aus Spurensicherern Forensikern und Rechtsmedizinern untersucht die Bunkeranlage. Dr. Grit Birkenfels und der Leiter der Spurensicherung haben sich im Haus des Täters eine Leitzentrale eingerichtet, von wo aus sie die einzelnen Trupps steuern. Ein Auswerteteam mit mobilem Labor steht im Carport vor dem Haus. Sie haben einen Helikopter auf dem benachbarten Flugplatz stationiert, der Proben, die vor Ort nicht ausgewertet werden, nach Hannover in die Rechtsmedizin fliegt.

Dr. Birkenfels ist fassungslos, wie sie sich die Kugelgläser mit den Häuptern der Opfer anschaut. Das ist eine Trophäensammlung. Ein Glas ist beschriftet jedoch nicht gefüllt, Jana von Klippersdorf steht dort auf dem Schild, die Dame hat sehr viel Glück gehabt, das sie ihrem Mörder entkam, wertet Grit Birkenfels.

Da keine weiteren Gläser vorhanden sind, hat der Täter sein Ziel erreicht. Frau von Klippersdorf hat ausgesagt, dass Adelhard Meents zu ihr gesagt hat, dass er alle getötet hat und dass es vorbei sei.

Keiner der Ermittler will daran glauben. Literweise wird all das Blut der Geschächteten aus dem Bunker getragen und nachdem man Proben gezogen hat entsorgt.

Kriminalkommissar Kleinemeier der mit Kriminaloberkommissarin Steffens bei Grit Birkenfels auf einen Kaffee in der Leitstelle sitzen, sind erstaunt über die Akribie, die der Täter beim Bau seiner Anlage an den Tag gelegt hat. Alles ist durchdacht, ob Instrumente, Chemikalien oder medizinische Ausstattung, alles war gut geplant. Die handwerklichen Ausführungen, alles fachmännisch verlegt,

Halsabschneider, c 2021 Klaus-Dieter Budde

und abgesichert. Nur bei seinem Notausgang war der Täter nachlässig, was ihn beinahe die Freiheit gekostet hat.

Zusammen brüten sie darüber, was Meents tun wird. Ist Schluss mit den Morden? Wird er untertauchen und es wird schwierig, ihn zu finden? Oder mordet er weiter, wo wird er da ansetzen? Dr. Grit Birkenfels kommt der Lösung nahe.
«Ich denke, wenn er weiter macht, sucht er sein Opfer unter den Verrätern», sagt sie.
«Verrätern? Was meinst du damit?»
«Ja, wenn ich Täter wäre und solch einen Bunker gebaut hätte, mache ich mir doch Gedanken, wie die Polizei bei ihren Ermittlungen auf mich gestoßen ist», folgert Dr. Birkenfels.
«Stimmt! Wie sind wir auf ihn gekommen, durch den Staatsanwalt? Eher nicht. Auslöser der Fahndung nach Meents war euer Gespräch mit Professor Dr. Hoff in Emden, oder nicht?», sagt Heino Kleinemeier und schaut Vivian Steffens an.
«Doch, ich würde auch sagen, das war der Auslöser, um nach Meents zu suchen!», bestätigt Vivian Steffens.
«Da müssen wir schleunigst die Kollegen in Emden benachrichtigen, das sie ein Auge auf den Professor halten», drängt Kriminalhauptkommissar Kleinemeier und steht auf.
Vivian, die auch aufgesprungen ist, sagt: «Ich rufe den Professor an und warne ihn vor.»
«Danke Grit für den Hinweis, wir wissen das zu schätzen!», ruft ihnen die Rechtsmedizinerin nach und schüttelt den Kopf.

Kapitel 11

Adelhard Meents ist kurz vor dem Bremer Kreuz, wie ein Fahndungsaufruf der Stader Polizei im Radio gesendet wird. Sie suchen nicht nach dem Transporter, die Fahndung ist eher auf seine Person als auf ein Fahrzeug ausgerichtet.

Adelhard ist zufrieden, an der Raststätte Grundbergsee will er was essen und sich frisch machen, denn durch die Anstrengungen der Nacht stinkt er mittlerweile wie ein Iltis. Im Shop der Raststätte erwirbt er ein Trucker Sweatshirt und ein Basecap, so ausgestattet geht er zu den Fernfahrerduschen. Später sitzt er frisch geduscht im Restaurant und isst ein Schnitzel Jäger Art mit Bratkartoffeln. Da die Portion für malochende Trucker portioniert ist, schafft Adelhard nur zwei Drittel des leckeren Essens.

Für die Weiterfahrt nimmt er sich eine Flasche Cola mit. Entspannt fährt er weiter.

In Cloppenburg fährt er auf die B72 bis Filsum. Unterwegs setzt er den Fahrer, der im Transporter liegt, auf einem einsamen Parkplatz aus. Später fährt er auf der A28 weiter bis zum Dreieck Leer, folgend auf der A31 bis Emden.

Das ist nicht die direkte Route, aber die sicherste für mich, denkt Adelhard. Am späten Nachmittag ist er an seinem Ziel, er steht vis-a-vis der Praxis seines Therapeuten und beobachtet das Umfeld. Nach geraumer Zeit hat er ein

Fahrzeug ausgemacht, das mit zwei Personen besetzt ist.
Die, wie er, die Praxis beobachten.
Adelhard startet den Motor und fährt langsam die Straße
hinauf. Da geht nichts, die Polizei ist hier vor Ort. Das bestätigt
seine Annahme, dass der Professor ihn an die Polizei verraten
hat. Warte ab, lacht Adelhard, dich bekomme ich schon noch.

Er fährt in die Faldernstraße und stellt sich gegenüber dem
Fitnessstudio, in dem der Professor regelmäßig seinen Körper
stählt, auf einen Parkplatz und wartet.
Wie er den Hoff einschätzt, wird der sich nicht von der Polizei
gängeln lassen und seine tägliche Fitnesseinheit absolvieren.
So ist es, der Professor fährt mit seinem 356er Porsche vor
und eilt ins Studio.
Adelhard wartet kurze Zeit, da niemand dem Professor folgt,
hastet er zum Hintereingang des Studios. Normalerweise ist
das einer der Notausgänge. Adelhard weiß von eigenen
Studiobesuchen, das dort ein Keil an der Tür ist, denn die
Angestellten rauchen dort ihre Zigaretten.
Geschickt schlüpft er hinein und versteckt sich bei den
Umkleideräumen. Er wartet lange, bis der Professor
daherkommt. Als er auftaucht, hält er ihm die Pistole in die
Seite und verlässt mit dem Professor ungesehen das Studio,
durch den Notausgang.
Als er mit dem Psychologen um die Hausecke kommt, sieht er
im letzten Moment, dass zwei Polizisten in das Studio
stürmen.
«Schnell jetzt, sonst bist du tot!», drängt er den Professor zum
Transporter und verfrachtet ihn im Laderaum.

Halsabschneider, c 2021 Klaus-Dieter Budde

Adelhard fesselt und knebelt den Therapeuten. Bisher hat der kein Wort mit ihm gesprochen, das ist ihm egal, der Professor wird sterben.

*

Kriminalhauptkommissar Heino Kleinemeier ist mit Kriminalkommissar Manuel Pieper unterwegs nach Emden. Sie haben die Genehmigung, die gesamte Strecke mit Sonderrechten zu fahren, verlieren aber eine dreiviertel Stunde am Bremer Kreuz, weil es ein paar Idioten gibt, die nicht Wissen wie man im Stau eine Rettungsgasse bildet. Heino ist ungehalten, die Strafen für solche Dummbeutel sind seines Erachtens zu gering. Pieper, der Heino beruhigen will, bekommt gleich einen Anpfiff mit.
«Ist doch so, diese Hohlbratzen halten uns auf mit ihrer Blödheit!», erregt sich Heino, «nimm du sie in Schutz!», schimpft er den Kriminalkommissar.

Pieper entscheidet sich, künftig die Klappe zu halten, und schaut demonstrativ beleidigt aus dem Seitenfenster. Zwischendurch nehmen sie Kontakt mit den Emder Kollegen auf, die berichten, dass sie den Professor unter Personenschutz gestellt haben. Beruhigt jagten sie weiter über die Autobahn.
«Zwanzig Minuten noch, zeigt das Navi», sagt Heino, er hat bemerkt, dass er den jungen Kommissar zu hart angegangen ist, und versucht, wieder mit ihm ins Gespräch zu kommen. Pieper deutet wortlos nach vorn, Heino sieht es nun auch, Stau.
«Verdammt!», schimpft er.
Es ist halb so schlimm, die Ostfriesen haben das mit der

Halsabschneider, c 2021 Klaus-Dieter Budde

Rettungsgasse voll drauf, Heino ist begeistert und fährt zügig durch die sich öffnende Gasse.

Kurz bevor sie in Emden sind, erreicht sie ein Anruf der Leitzentrale der Emdener Polizei. Sie werden gebeten, zu einem Fitnessstudio in die Faldernstraße zu fahren, Näheres will man ihnen dort erklären.

«Wenn die da nicht Bockmist gebaut haben», mutmaßt Kriminalkommissar Pieper und geht seine gesammelten Werke über Professor Dr. Hoff durch.

Wer weiß überlegt er, *unter Umständen kann ich das heute noch gebrauchen.* Die Kombination von Navi und Sonderrechten gefällt Kriminalhauptkommissar Kleinemeier, er kommt super durch die ihm fremde Stadt.

«Sie haben ihr Ziel erreicht», säuselt die Dame im Navigationsgerät.

Heino sucht sich einen Parkplatz und entfernt das Blaulicht vom Dach.

Wie sie auf das Studio zugehen, kommt ihnen ein Herr entgegen, der sich als Kommissar Jantzen vorstellt.

«Leider ist uns der Professor entwischt, er wollte zum Fitnesstraining und ist durch die hintere Grundstücksausfahrt, entgegen unserer Weisung abgehauen», klagt der Kommissar. «Wie es jetzt aussieht, ist er von hier entführt worden», stellt er lapidar fest.

Kriminalkommissar Manuel Pieper sieht, wie sich Heino Kleinemeier aufpumpt. Rasch bedankt sich Pieper bei dem klagenden Kommissar für die Unterstützung. Dann sieht er Kriminalhauptkommissar Kleinemeier an und beide eilen schweigend in den Herrenumkleideraum des Fitnessstudios.

Halsabschneider, c 2021 Klaus-Dieter Budde

Hier ist die Spurensicherung der Emdener Polizei dabei die Spuren des Tatortes zu sichern.

Heino schaut sich das eine Weile an und deutet Manuel Pieper an, dass er weiter möchte. Manuel Pieper läuft Heino hinterher, als sie vor der Tür sind, sagt Heino Kleinemeier: «Wir müssen den Meents finden, sonst ist der Professor tot.» Kriminalkommissar Pieper bleibt stehen.

«Was ist, willst du nicht mit?» Fragt Heino.

«Doch, ich überlege nur, wo ich in der Situation von Meents hinfahren würde», sagt Manuel.

«Ist doch klar, der fährt zu sich nachhause», drängt Heino.

«Das glaube ich nicht. Ich denke, der fährt ins Bootshaus der Familie an die Emsmündung zum Hafen von Petkum», spricht Manuel dagegen.

«Welches Bootshaus? Was weißt du wieder, was ich nicht weiß?», fragt Heino Kleinemeier ungehalten.

Am Dienstwagen zeigt Manuel Pieper ihm auf einer Karte, was er meint. Kriminalhauptkommissar Kleinemeier versteht nun und sie begeben sich auf den Weg zum Bootshaus der Familie Meents.

*

Adelhard hat den Professor soeben ausgeladen, als ein alter Bekannter der Familie mit seinem Boot das Bootshaus passiert. Er lässt den Professor zu Boden fallen und hofft, dass der Bekannte nichts bemerkt hat.

Der Bekannte im Boot winkt herüber. Adelhard winkt brav zurück und wartet, bis das Boot weit genug weg ist. Anschließend lädt er sich den Professor auf die Schulter und bringt ihn in den Bootsschuppen des familieneigenen Bootshauses.

205

Dort legt er den Psychologen bäuchlings auf ein altes umgedrehtes Ruderboot. Er bindet ein Seil an das rechte Handgelenk und zieht es unter dem Boot, welches umgedreht auf Böcke liegt, hindurch, um es am linken Handgelenk unter Zug zu befestigen. Das Gleiche macht er mit den Beinen. Professor Hoff ist absolut bewegungsunfähig.

Da der Professor während der ganzen Aktion nicht ein Wort mit ihm gesprochen hat, beginnt Adelhard das Gespräch.

«Warum haben Sie mich verraten? Unterliegen Sie nicht der Pflicht zur Verschwiegenheit?»

Der Professor dreht seinen Kopf, so gut es geht, zu der Seite hin, wo Adelhard steht.

«Ich habe Sie nicht verraten! Und ja, ich unterliege der Schweigepflicht», sagt er gequält.

«Und warum hat die Polizei mit Ihnen gesprochen?» Bohrt Adelhard nach.

«Die Polizei hat zunächst Kontakt mit ihrer Mutter aufgenommen, die hat mich informiert, gemeinsam haben wir uns entschieden nichts zu sagen», erklärt der Professor.

«Wie sind die auf meine Mutter gekommen?»

«Ich weiß es nicht, die haben von einem Toten aus Bielefeld gesprochen und von Mallorca, mehr weiß ich nicht, das müssen Sie mir glauben.»

Adelhard ist nicht zufrieden und hakt weiter nach, «wie war das mit der Polizei?», will er wissen.

«Die standen plötzlich vor meiner Tür und haben nach Ihnen gefragt, da habe ich ihre Mutter hinzugerufen und die hat mich, von meiner Verschwiegenheitspflicht entbunden. Bevor Sie mich fragen, ja das erlaubt der Gesetzgeber, wenn die

Halsabschneider, c 2021 Klaus-Dieter Budde

Gefährdung von Leib und Leben zu erwarten ist», erklärt sich der Professor.

Adelhard ist hin und hergerissen, ist seine Mutter der Verräter, oder der Professor, er weiß sich keinen Rat und entscheidet sich für Professor Hoff. Seine Mutter muss ja die Firma weiterführen.

Da er kein Schächtmesser mit sich führt, knebelt er den Professor erneut und verlässt das Bootshaus. Nachdem er die Türen verschlossen hat, begibt er sich auf den Weg zur heimischen Villa, denn dort hat er unter der Veranda in einem Versteck ein Ersatz-Schächtmesser gebunkert.

*

Kriminalhauptkommissar Heino Kleinemeier gibt Gas, dies Mal dürfen sie nicht zu spät kommen. Einen Kilometer vor dem Ziel stellt er das Martinshorn ab und holt das Blaulicht vom Dach.

«Wir überraschen ihn», sagt er und grinst Kriminalkommissar Pieper an.

Er hat mittlerweile einen großen Respekt vor dem Kollegen, wie der ihn vorhin ausgebremst hat, als er sich gerade so richtig aufgepumpt hatte, um den Emdener Kollegen den Marsch zu blasen. *Da gehört schon ein, Arsch in der Hose dazu, seinem Vorgesetzten so in die Parade zu fahren,* findet Heino. *Wie rasch er konstruktiv das Bootshaus ermittelte, als ich mich von Emotionen treiben ließ, das wird ein guter,* denkt Heino Kleinemeier und ist froh, dass er Pieper dabeihat.

«Da gehts rechts runter bis zum Ufer, dann wieder rechts, ca. Einhundert Meter, da muss es sein», dirigiert Manuel Pieper seinen Vorgesetzten zum Ziel.

Auf einem schmalen Parkplatz ist die Fahrt zu Ende.

Halsabschneider, c 2021 Klaus-Dieter Budde

Mit gezogenen Waffen eilen sie zum Bootshaus, das ein paar Meter entfernt am Ufer steht. Es ist verschlossen, es scheint niemand dort zu sein. Heino will wieder umdrehen, als Manuel Pieper den angrenzenden Bootsschuppen entdeckt, von der Wasserseite kann er hineinschauen, wenn er sich weit ums Eck beugt.

«Hier ist was!», ruft Kriminalkommissar Pieper.

Mit gegenseitiger Unterstützung schaffen sie es, in den Innenraum des Bootsschuppens zu gelangen. Hier liegt ein Segelboot im Wasser und ein paar Kajaks und Kanus lagern auf Regalauflagen an den Wänden. Das ist nicht das, was Piepers Aufmerksamkeit erweckt.

Da liegt ein altes Holzruderboot abseits auf Holzböcken und oben auf bäuchlings gefesselt und geknebelt Professor Hoff. Heino zerrt dem Professor den Knebel aus dem Mund und will just die Fesselung lösen, wie der Professor ihn bittet, das nicht zu tun.

«Warum?»

«Adelhard kommt jeden Moment zurück, wenn Sie ihn Schnappen wollen und noch mehr Unglück verhindern möchten, stecken Sie mir den Knebel wieder in den Mund und lauern ihn hier auf», erklärt der Professor, man merkt ihm an, dass er es ernst meint.

«Gut, das passiert auf Ihre Verantwortung!», sagt Kriminalhauptkommissar Kleinemeier.

Da keine Zeit für Gerede ist, steckt er dem Professor den Knebel wieder in den Mund und Pieper und er, suchen sich in dem Bootsschuppen Verstecke aus, wo sie dem Mörder auflauern.

*

Halsabschneider, c 2021 Klaus-Dieter Budde

Adelhard fährt zunächst an der Heimstatt vorbei, hält weit hinter dem Anwesen seiner Familie an und macht sich zu Fuß auf den Weg zur Villa. Er schleicht von hinten an das Grundstück heran, um erst mal zu checken, ob da Polizei im Haus ist.

Wie erwartet, steht ein Streifenwagen mit zwei Beamte besetzt auf der weißen Kiesauffahrt. Adelhard ist nicht sonderlich überrascht, hat damit gerechnet. Er schleicht sich in der Dämmerung an die nach hinten rausgehende Veranda und sucht unter dem Holzdeck nach seinem Versteck.

Es ist lange her, dass er das Schächtmesser hier versteckt hat, er hat es als jugendlicher in Emden in einer koscheren Metzgerei gestohlen, um es auszuprobieren.

Nach kurzer Suche im Kiesbett unter der Veranda wird er fündig und zieht das Messer, das in Ölpapier eingewickelt ist, aus dem Versteck. Es sieht gut aus, kein Rost, alles blitze Blank.

Zügig verlässt Adelhard das Grundstück der Villa und schleicht sich, durch einen angrenzenden Park, zurück zu seinem Wagen. Langsam fährt er an der Einfahrt des Anwesens vorbei zurück zum Bootshaus.

*

Die Polizeioberkommissare Jaike und Janno Taden, sitzen seit Stunden in ihrem Streifenwagen vor der Villa Meents und warten, das was passiert.

«Heute Nachmittag saßen wir vor dem Fitnessstudio in der Faldernstraße und nun hier. Besser kann man sein Geld nicht verdienen», sagt Jaike zu seinem Zwillingsbruder Janno.

«Ja so ist das!», antwortet dieser und gähnt.

Plötzlich ist er hellwach.

Halsabschneider, c 2021 Klaus-Dieter Budde

«Hey, den Wagen kenn ich, der stand heute Nachmittag vor dem Studio», ruft er und zeigt auf den Transporter eines Windkraftanlagenbauers, der vorbeifährt.

«Das ist ja ein dummer Zufall», sagt sein Bruder und startet den Motor.

«Was machst du denn?», frage Janno.

«Ist doch klar, ich folge dem, will sehen, wo der hinfährt.» Sagt es und fährt in einem sicheren Abstand hinter dem Transporter her. Janno informiert ihren Vorgesetzten von dem Einsatz, der ist nicht begeistert von der Aktion und dass sie ihren Posten verlassen haben. Versteht jedoch, die nachfahrt.

«Passt auf, der Mann ist gefährlich! Wenn Ihr Recht habt, wetzen wir die Scharte von heute Morgen wieder aus. Ich schick euch Unterstützung in Zivil.»

Jaike der mitgehört hat, grinst, «Siehst du, ist nicht langweilig unser Job.»

*

Die beiden Kriminalkommissare warten schon fast eine Stunde, als sie Schritte wahrnehmen.

Angespannt bis in die Haarspitzen warten sie auf ihren Einsatz, jeder hofft für sich, dass alles gut geht. Da dreht sich der Schlüssel im Schloss zum Bootsschuppen. Heino Kleinemeier, der der Tür am nächsten ist, hält den Atem an.

Er kann den Mörder, der das Licht eingeschaltet hat, sehen.

Meents packt ein großes Messer aus fettigem Ölpapier aus, das aussieht wie ein überdimensioniertes Hackbeil. Er geht zu dem auf den Bootskörper gefesselten Professor Hoff.

Der Täter nimmt dem Professor den Knebel aus dem Mund und lockert die Handfesseln, sodass der Professor den Oberkörper etwas aufrichten kann.

Halsabschneider, c 2021 Klaus-Dieter Budde

Dann schnappt er sich einen Bootsfender, so ein Teil, was man zwischen zwei Boote hält, um eine Berührung zu vermeiden, und schiebt ihn unter den Brustkorb des Professors.

Kriminalhauptkommissar Kleinemeier hat eine Idee, was folgen wird, und erhebt sich aus seinem Versteck.

«Polizei! Keine Bewegung ich habe meine Waffe auf Sie gerichtet!», ruft er, so laut er kann.

Das macht er immer so, um den Gegner aus dem Konzept zu bringen. Adelhard Meents beeindruckt das nicht, er nimmt das Schächtmesser und hebt an, um den finalen Schnitt durchzuführen.

«Nicht! Machen Sie das nicht, ich muss Sie dann erschießen!», ruft von der anderen Seite Kriminalkommissar Pieper.

Meents scheint irritiert und hält in seiner Bewegung inne. Er dreht sich zu den beiden Kommissaren um, mit einem sanften Lächeln, das die beiden einen Moment ablenkt, hebt er blitzschnell das Messer und zieht es mit einem langen Schnitt durch seinen Hals.

«Nein, Nein! Was machen Sie denn?», ruft Kriminalhauptkommissar Kleinemeier.

«Zu spät!» Sagt der Professor, «es ist zu spät! Sie können ihm nicht mehr helfen, er hat sich selbst geholfen, es war seine Entscheidung.»

Kriminalhauptkommissar Heino Kleinemeier und Kriminalkommissar Manuel Pieper schauen den Professor fragend an. Adelhard liegt auf dem Bretterboden des Schuppens in einer Blutlache und hat sein Leben ausgehaucht. Plötzlich wird die Tür des Schuppens aufgestoßen und zwei sich ähnelnde Polizisten mit feuerroten Haaren stürmen in den Raum. Abrupt bleiben sie vor dem, ausgebluteten Adelhard

Meents stehen. Schnell haben sie die Lage erfasst und stecken ihre Waffen wieder ein.

«Kann mich jemand hier losbinden? Bevor Sie das Fachsimpeln anfangen», klagt der Professor.

Manuel Pieper springt sofort hin und erlöst den Psychologen aus seiner misslichen Lage.

*

Am nächsten Morgen sitzen sie im Besprechungsraum an der Teichstraße in Stade. Die gesamte Sonderkommission Golfplatz will der Staatsanwalt hier haben.

Gunnar Zipperlein lobt sie ob der Leistung, die sie im Team erbracht haben. Vor allen anderen stellt er die Leistung des jungen Kriminalkommissars Manuel Pieper heraus und fragt ihn in Absprache mit der Polizeiführung, ob er nicht im Stader Kripo-Team mitarbeiten möchte. Manuel muss nicht lange überlegen: «Ja klar, gerne!», antwortet er und erhält langanhaltenden Beifall.

Beim Hinausgehen geht der Staatsanwalt auf Dr. Grit Birkenfels zu, «tolle Arbeit!», sagt er und hält ihr die Hand hin. Grit überlegt nicht lange und ergreift diese, denn einmal muss Schluss sein mit der Streiterei.

Heino und Vivian, die in der Nacht noch mit Frau Meents gesprochen haben, prosten sich beim anschließenden Umtrunk zu. Wieder einmal haben sie einen gefährlichen Straftäter zur Strecke gebracht.

Ende

Halsabschneider, c 2021 Klaus-Dieter Budde

Weitere Kriminalromane von Klaus-Dieter Budde

«Der Tote im Spargelfeld»

Privatdetektiv Bernd Kühl ermittelt.

ISBN: 978-3-938097-52-6

*

«Lupus caritate»

Privatdetektiv Bernd Kühl ermittelt.

ISBN: 978-3-755790-44-0